Enid Blyton

Der Mann im Mond und andere Geschichten

Delphin Verlag

Deutsch von Bettina Runge

© Text 1976 by Darrell Waters Limited.
© Artwork 1976 by Purnell and Sons Limited.
© 1982, Delphin Verlag GmbH, München und Zürich.
Alle Rechte vorbehalten.
Umschlaggestaltung: Werbekontor Breuer, München.
Satz: IBV Lichtsatz KG, Berlin.
Printed in Great Britain
by Purnell and Sons Ltd., Paulton.
ISBN 3.7735.5146.0

INHALT

Der Mann im Mond 9
Ich will aber nicht! 18
Der Kuckuck aus der Kuckucksuhr 25
Ein gemeiner Dieb 34
Die kleine Quietschpuppe 45
Das vierblättrige Kleeblatt 51
Der Bär mit den Knopfaugen 55
Brombeeren, Brombeeren... 64
Die sechs Elfenpüppchen 66
Riesenhand und Langfuß 73
Tinas neuer Reifen 91
Das Negerpüppchen feiert Geburtstag 93
Zwei richtige Affenkinder 100
Zu Hause ist es immer am schönsten 112
Das gelbe Spielzeugauto 117

Der Mann
im Mond

Es war einmal ein kleiner Junge, der ließ bei starkem Wind seinen Drachen fliegen. Die Schnur riß, und der Drachen flog hoch hinauf in den Himmel – höher, immer höher.

»Ich fliege bis zum Mond«, rief der Drachen. Aber das tat er natürlich nicht. Er schwebte noch einige Stunden am Himmel und dann schaukelte er langsam, aber sicher zur Erde hinab.

Es war ein sehr hübscher Drachen. Er hatte ein großes, lächelndes, Gesicht aufgemalt und besaß einen langen Schwanz aus vielen kleinen Papierdreiecken. Der kleine Junge war sehr traurig, daß er ihn verloren hatte.

Der Drachen fiel mitten in einen Brombeerstrauch. Die Dornen hielten ihn gefangen und ließen ihn nicht mehr los. Dort blieb er also, wie eh und je lächelnd und sein Schwanz schaukelte im Wind hin und her.

Der Zufall wollte es, daß ein kleines Kaninchen unter dem Brombeerstrauch wohnte. Es wusch sich gerade die Ohren, als der Drachen mit einem lauten, knisternden Geräusch auf den Strauch fiel.

»Was ist das?« fragte sich das Kaninchen und stellte seine Ohren auf, um besser zu hören. Dann schaute es auf und entdeckte zu seinem Erstaunen ein großes Gesicht, das zu ihm herablächelte. Es war das Gesicht, das auf den Drachen gemalt war, doch das wußte das kleine Kaninchen natürlich nicht. Es blieb ganz still sitzen und starrte den Drachen an. Es konnte sich einfach nicht entscheiden, ob es nun zurücklächeln sollte oder nicht.

»Wer kann das sein?« fragte es sich. »Er ist vom Himmel gefallen. Eigentlich kann es nur der Mann im Mond sein. Ja, genau der ist es – der Mann im Mond. Er ist vom Himmel gefallen, um bei mir im Brombeerstrauch zu wohnen. Er muß mich für eine bedeutende Persönlichkeit halten. Ach, ich kann's noch gar nicht glauben!«

Also beschloß das Kaninchen, erst einmal das freundliche Lächeln seines neuen Nachbarn zu erwidern.

»Guten Tag, lieber Mann im Mond«, sagte es. »Ich freue mich über deinen Besuch. Ich will sofort meinen Freunden von dir erzählen und versuchen, es dir bei mir so gemütlich wie möglich zu machen. Ich möchte nämlich, daß du dich wohl bei mir fühlst.«

Der Drachen lächelte immer weiter und das Kaninchen hoppelte davon. Es lief zum Kobold, der in der alten Eiche wohnte.

»Lieber Kobold«, sagte es. »Der Mann im Mond hat mich aufgesucht und will bei mir wohnen. Stell dir das vor! Er soll es schön und gemütlich bei mir haben; könntest du mir deshalb einen Stuhl für ihn leihen?«

»Der Mann im Mond will bei dir einziehen? Ist das die Möglichkeit?« rief der Kobold erstaunt. »Ja, nimm einen von meinen Stühlen. Ich habe aber kein Kissen. Warum gehst du nicht zum blauen Elf und bittest ihn um eins? Er hat doch ganz viele! Warte, ich trage den Stuhl für dich.«

Der Kobold holte einen hübschen kleinen Armsessel und begleitete das Kaninchen zu dem Stechginsterbusch, unter dem der blaue Elf wohnte.

Er war von oben bis unten blau und zählte zu den freundlichsten Wesen im ganzen Walde.

»Blauer Elf«, sagte das Kaninchen wichtigtuerisch. »Der Mann im Mond hat mich aufgesucht und will bei mir wohnen. Stell dir das vor! Er soll es natürlich schön und gemütlich bei mir haben. Könntest du mir deshalb ein Kissen für den Sessel des Kobolds ausleihen?«

»Der Mann im Mond will bei dir einziehen! Ist das die Möglichkeit?« rief der blaue Elf erstaunt. »Ja, nimm dir nur eines von meinen Kissen. Und solltest du nicht auch eine große Teekanne mitbringen? Ich nehme an, daß der Mann im Mond gerne Tee trinkt.«

»Ja, das ist eine gute Idee«, erwiderte das Kaninchen. »Am besten gehe ich zum Wurzelgnom und bitte ihn um seine Teekanne; er hat nämlich eine

ganz besonders große. Ich komme mir schrecklich wichtig vor. Schließlich bekommt man ja nicht alle Tage Besuch vom Mann im Mond!«

Das kleine Kaninchen platzte fast vor Stolz. So etwas Aufregendes war ihm in seinem ganzen Leben noch nicht passiert!

Der Kobold und der Elf begleiteten das Kaninchen zum Hause des Wurzelgnoms, der unter einer Hecke wohnte. Der Wurzelgnom war sehr dünn und knochig, doch er hatte ein freundliches Gesicht.

»Wurzelgnom«, sagte das kleine Kaninchen mit bedeutsamer Stimme. »Der Mann im Mond hat mich aufgesucht und will bei mir wohnen. Stell dir das vor! Er soll es schön und gemütlich bei mir haben; könntest du mir deshalb deine Teekanne ausleihen?«

»Der Mann im Mond will bei dir einziehen? Ist das

die Möglichkeit?« rief der Wurzelgnom erstaunt. »Ja, nimm die Teekanne. Und geh zur Witwe Flipp. Sie wird dir bestimmt einen von ihren köstlichen Rosinenkuchen mitgeben. Sie hat heute früh noch einen gebacken. Ich hab's gerochen.«

Der Wurzelgnom, der blaue Elf, der Kobold und das Kaninchen machten sich gemeinsam auf den Weg zur Witwe Flipp. Sie wohnte in einem winzigen Häuschen, das nur aus einem einzigen Raum bestand.

»Witwe Flipp«, begann das Kaninchen noch wichtigtuerischer als zuvor, »der Mann im Mond hat mich aufgesucht und will bei mir wohnen. Stell dir das vor! Er soll es schön und gemütlich bei mir haben. Könntest du mir deshalb einen von deinen köstlichen Rosinenkuchen schenken?«

»Der Mann im Mond will bei dir einziehen? Ist das die Möglichkeit? Ja, nimm meinen größten Rosinenkuchen. Er wird ihm bestimmt schmecken. Komm, ich trage ihn für dich!«

Also machten sich alle fünf auf den Weg zum Brombeerstrauch – mit dem Sessel, dem Kissen, der großen Teekanne und dem köstlichen Rosinenkuchen. Der Drachen war noch immer da und lächelte.

»Das ist der Mann im Mond«, flüsterte das Kaninchen und platzte fast vor Stolz. »Habt ihr schon jemanden so freundlich lächeln sehen?«

Die anderen starrten ihn an. Nun, so hatten sie sich den Mann im Mond nicht vorgestellt. »Hier ist ein Stuhl für dich, Mann im Mond«, sagte der Kobold mit lauter Stimme.

»Hier ist ein Kissen für dich«, sagter der blaue Elf.

»Hier ist eine große Teekanne für dich«, sagte der Wurzelgnom.

»Und hier ist ein leckerer Rosinenkuchen für dich«, sagte Witwe Flipp.

Der Mann im Mond lächelte, doch das war alles. Er setzte sich nicht auf den Stuhl und ließ auch das Kissen unbeachtet. Er nahm keine Notiz von der Teekanne, ja, er kostete noch nicht einmal ein Stück von dem Rosinenkuchen. Er lächelte nur.

»Tut er die ganze Zeit nichts anderes als lächeln?« fragte der Elf enttäuscht.

»Pssst! Da läuft jemand durch den Wald!« flüsterte der Kobold. Alle fünf duckten sich und versteckten sich hinter dem Brombeerbusch. Sie hörten jemanden pfeifen. Es war ein Junge, der im Wald herumschlenderte.

Als er den Drachen entdeckte, der sich im Brombeerstrauch verfangen hatte, stieß er vor Erstaunen einen langen, lauten Pfiff aus.

»Na, so was!« rief er. »Da hat jemand seinen Drachen verloren. Ich hole ihn mir einfach und wenn sich der Besitzer nicht meldet, dann behalte ich ihn und lasse ihn steigen.«

Der Junge bog die Zweige des Busches auseinander und nahm den Drachen an sich.

Er klemmte ihn unter den Arm und zog von dannen. Der Drachen lächelte noch immer. Das Kaninchen lugte hinter seinem Busch hervor und fing an zu weinen.

»Er hat mir den Mann im Mond weggenommen, obwohl er doch bei mir wohnen wollte«, schluchzte es. »Er hat ihn mir weggenommen. Dabei war er doch so ein freundlicher Mann im Mond.«

»Der Junge hat aber gesagt, es sei nur ein Drachen«, meinte der Kobold.

»Das ist nicht wahr! Das ist nicht wahr! Ich weiß ganz genau, daß es der Mann im Mond war«, rief das Kaninchen. Große Tränen kullerten über seine Wangen in seine Barthärchen.

Die anderen hatten Mitleid mit ihm. »Wir wollen alle so tun, als wäre es wirklich der Mann im Mond gewesen«, flüsterte die Witwe Flipp. »Er ist doch noch ein Kaninchen-Baby und hat solchen Kummer, der arme Kleine.«

»Mein Mann im Mond ist fort«, schluchzte das Kaninchen in einem fort.

»Liebes Kaninchen, hör auf zu weinen. Deine Tränen machen eine Pfütze unter dem Busch und wir bekommen alle nasse Füße«, sagte der Kobold. »Und jetzt hör gut zu. Setz dich eine Weile in den Sessel und lehn deinen Kopf an das Kissen. Ich koche inzwischen Tee in der großen Teekanne. Dann trinken wir alle gemütlich zusammen Tee und essen dazu ein Stückchen Rosinenkuchen.«

Also nahm das Kaninchen in dem Sessel Platz, und dann tranken alle gemeinsam Tee und aßen riesige Stücke von dem köstlichen Rosinenkuchen. Da kam sich das Kaninchen schon wieder sehr wichtig vor.

»Eines steht fest, der Mann im Mond wollte bei mir wohnen«, begann es. »Ich habe gesehen, wie er vom Himmel gefallen ist. Und er hat mich so freundlich angelächelt.«

»Natürlich hat er das«, sagten der Kobold, der blaue Elf, der Wurzelgnom und die Witwe Flipp wie aus einem Munde. »Wer würde auch ein so freundliches kleines Kaninchen wie dich nicht nur allzugerne einmal besuchen wollen!«

»Und vielleicht kommt er ja wieder«, sagte das Kaninchen und nahm ein zweites Stück von dem Kuchen.

Das glaube ich allerdings nicht. Solche Dinge passieren nicht zweimal, oder was meinst du?

Ich will
aber nicht!

Es war einmal ein kleines Mädchen, das hieß Brigitte. Es war acht Jahre alt und schrecklich verzogen. Es war früher oft krank gewesen und hatte manchmal wochenlang im Bett liegen müssen. Deshalb hatte seine Mutter ihm immer jeden Wunsch erfüllt, und das war nicht gut.

Immer wenn Brigitte um etwas gebeten wurde, wozu sie gerade keine Lust hatte, zog sie einen Schmollmund und sagte: »Ich will aber nicht!«

»Würdest du bitte diesen Brief für mich zur Post bringen?« fragte ihre Mutter zum Beispiel. Dann rümpfte Brigitte ihre Nase und meinte:

»Ich will aber nicht!«

Wenn man so etwas oft genug gesagt hat, dann wird es zur Gewohnheit und bald sagte Brigitte hundertmal am Tag: »Ich will aber nicht!«

»Was für ein verwöhntes Kind!« sagten die Leute. »Diese Brigitte ist wirklich unausstehlich!«

Ihre Großmutter wurde oft richtig böse. »Brigitte«, sagte sie, »mußt du bei jeder Gelegenheit sagen ›ich will aber nicht‹? Versuch doch endlich, dir das abzugewöhnen.«

»Ich will aber nicht«, war die Antwort.

Was soll man nur mit so einem Kind machen?

Eines Tages wanderte Brigitte lange über Felder und Wiesen und verirrte sich. Plötzlich stand sie vor einem sonderbaren kleinen Haus. Neben dem Haus war ein Brunnen; ein altes Mütterchen drehte an der Kurbel, um ihren Wassereimer hochzuziehen. Als es Brigitte sah, sprach es sie an.

»Kleines Mädchen, hilf mir doch bitte, den Wassereimer hochzuziehen.«

»Ich will aber nicht«, antwortete Brigitte wie aus der Pistole geschossen.

Die alte Frau runzelte die Stirn. Sie kurbelte den Eimer allein hinauf, nahm ihn vom Haken und stellte ihn ab.

»Würdest du bitte den Eimer für mich ins Haus tragen?« bat sie. »Ich bin heute so erschöpft.«

»Ich will aber nicht«, antwortete Brigitte wie immer.

»Was bist du nur für ein schreckliches Kind!« rief die alte Frau. »Du scheinst ja den lieben langen Tag nichts anderes zu sagen als ›ich will aber nicht!‹ Du könntest dir ja auch zur Abwechslung einmal etwas anderes einfallen lassen!«

»Ich will aber nicht«, war Brigittes Antwort.

»Dann eben nicht«, erwiderte die alte Frau. »Aber vielleicht wird es dir bald schon leid tun.«

Mit diesen Worten wandte sie sich ab, trug den Eimer ins Haus und verriegelte die Tür. Brigitte war angst und bange ums Herz geworden. Sie erinnerte sich ganz genau, daß die alte Frau hellgrüne Augen hatte. Wer weiß, vielleicht war sie eine Hexe!

Brigitte lief schnell davon und fand zum Glück sofort ihren Heimweg. Kurz vor ihrem Haus begegnete sie Marie, einer Klassenkameradin.

»Hallo, Brigitte!« rief Marie. »Komm mich doch heute nachmittag besuchen. Ich möchte dir meine neue Puppe zeigen.«

»Ich will aber nicht!« antwortete Brigitte zu ihrer eigenen Überraschung, denn im Grunde wollte sie schon, sehr gerne sogar. Marie hatte überall von ih-

rer neuen Puppe erzählt, die ganz alleine stehen und sogar ›Mama‹ sagen konnte.

»Gut, dann kommst du eben nicht«, entgegnete Marie gekränkt. »Außerdem kann ich genausogut Renate einladen.«

Brigitte lief betrübt nach Hause. Ihre Mutter öffnete ihr die Tür.

»Brigitte, mein Liebling«, sagte sie. »Möchtest du dir nicht ein paar Süßigkeiten kaufen? Hier hast du einen Groschen.«

»Ich will aber nicht«, sagte Brigitte. Ihre Mutter schaute sie verblüfft an. Brigitte war selbst ganz verdattert. Sie hatte das gar nicht sagen wollen! Sie liebte Süßigkeiten über alles, und es machte ihr Spaß einzukaufen. Eigentlich hatte sie ›ja, ich möchte gern‹ sagen wollen, doch sie brachte wie immer nichts anderes heraus als ›ich will aber nicht!‹

»Mein liebes Kind«, sagte die Mutter, »wenn du nicht magst, dann wird dich keiner zwingen. Manchmal kann ich dich wirklich nicht verstehen. Aber wie du willst, dann bekommt eben Peter den Groschen.«

Brigitte lief auf ihr Zimmer und brach fast in Tränen aus. Unterwegs begegnete sie der Köchin. »Komm in die Küche, du kannst die Backschüsseln ausschlecken!« rief sie Brigitte zu.

Das war etwas, das Brigitte für ihr Leben gerne tat! Aber, wie ihr euch sicher schon denken könnt, antwortete sie wieder nur: »Ich will aber nicht!«

»Meinetwegen, ich dachte ja nur, es würde dir

Spaß machen«, sagte die Köchin beleidigt. Sie machte auf dem Absatz kehrt und warf die Küchentür hinter sich zu.

Arme Brigitte! Das war ein schrecklicher Tag für sie. Jeder wollte ihr eine Freude machen und sie konnte nichts anderes sagen als ›ich will aber nicht‹.

Und jetzt waren alle böse auf sie. Ihre Mutti schickte sie sogar ins Bett. »Bleib im Bett, bis du deine schlechte Laune ausgeschlafen hast«, sagte sie.

»Ich will aber nicht!« erwiderte Brigitte, doch das half natürlich gar nichts.

Als sie im Bettchen lag und unter ihrer Decke weinte, klopfte es plötzlich an der Tür – und wer trat ins Zimmer? Es war die alte Frau, der sie morgens am Brunnen begegnet war.

»Guten Abend«, sagte sie zu Brigitte. »Na, wie bist du mit deinem ewigen ›ich will aber nicht‹ zurechtgekommen? Wäre es nicht besser, wenn du wieder normal sprechen könntest?«

Brigitte antwortete nicht; sie hatte viel zu große Angst, daß sie doch nur wieder sagen würde ›ich will aber nicht‹. Und dabei wünschte sie nichts sehnlicher, als endlich wieder das sagen zu können, was sie wirklich wollte.

»Gut«, sagte die alte Dame, »wir wollen einen Handel abschließen: Wenn du dir Mühe gibst, ein liebes und nettes Mädchen zu sein und nicht mehr launisch und unfreundlich bist, dann soll der Zauber ein Ende haben. Doch ich warne dich – wenn du öfter als einmal am Tage ›ich will aber nicht‹ sagst, dann geht die Hexerei von vorn los, und du wirst gar nichts anderes mehr sagen können.«

»Danke«, sagte Brigitte. »Es tut mir leid, daß ich so mürrisch und unfreundlich war. Ich verspreche, mich sofort zu bessern.«

»So ist es richtig«, sagte die alte Dame und lächelte. »Auf Wiedersehen, und besuch mich, wenn du magst. Vielleicht sagst du dann etwas Netteres als immer nur ›ich will aber nicht‹.«

Es war nicht leicht für Brigitte, ihre alte Gewohnheit abzulegen, doch sie wußte sehr gut, was passieren würde, wenn sie öfter als einmal am Tag den alten Satz ›ich will aber nicht‹ aussprechen würde. Und deshalb war sie sehr, sehr vorsichtig!

Der Kuckuck aus der Kuckucksuhr

An der Wand im Kinderzimmer hing eine Kuckucksuhr. Zu jeder vollen Stunde sprang der kleine hölzerne Kuckuck aus seiner kleinen Tür und rief, so laut er konnte: »Kuckuck!« Dann hüpfte er zurück in sein winziges Zimmer im Innern der Uhr und wartete dort ganz allein, bis die nächste Stunde angesagt werden mußte.

Der hölzerne Kuckuck war schrecklich einsam. Es gab im Innern der Uhr nichts anderes zu tun, als die Rädchen zu beobachten, die sich drehten und drehten. Doch er hatte sie schon tausendmal gesehen und sie langweilten ihn. Er war ein sehr kluger Kuckuck, und wenn sich die Kinder im Zimmer unterhielten, dann hörte er jedes Wort mit und lernte eine Menge dabei.

So wußte er zum Beispiel, wann die Kirschen reif waren, denn er hatte Lilo sagen hören, daß sie Kirschen im Garten gepflückt hatte. Und er wußte, daß siebenmal sechs zweiundvierzig ist, weil Barbara es zehnmal hintereinander hatte aufsagen müssen, nachdem sie am Vortag ihre Aufgabe nicht richtig gelernt hatte.

Ihr seht also, er war ein gescheiter kleiner Kuckuck – vor allem, wenn man bedenkt, daß er den ganzen Tag in einem winzigen Zimmer in einer Uhr verbrachte. Er wußte noch viele andere Dinge und sehnte sich danach, mit jemandem darüber sprechen zu können.

Doch niemand kam ihn besuchen. Die Kinder hatten ihn schon so oft ›Kuckuck‹ rufen hören, daß sie ihm gar keine Beachtung mehr schenkten. Und bis auf das Hausmädchen, das die Kuckucksuhr jeden Morgen entstaubte, kam niemand in seine Nähe.

Doch dann, eines Nachts, geschah etwas Wunderbares. Die kleine Fee Pitapat lud alle Spielsachen im Spielzeugschrank zu einem Mitternachtsfest ein. Das war eine Überraschung!

Der Teddybär, die Matrosenpuppe und die Baby-

puppe wuschen und kämmten sich und zogen ihre Sonntagskleider an. Die Holzpuppe aus Holland rubbelte ihr rosiges Gesicht sauber und die japanische Puppe wickelte ihren Kimono besonders festlich. Die Zinnsoldaten marschierten aus ihrer Schachtel und um Mitternacht kam die Fee Pitapat zum Fenster hereingeflogen.

Der Kuckuck mußte haargenau in diesem Augenblick aus seiner Tür springen und zwölfmal ›Kuckuck‹ rufen; deshalb hatte er genügend Zeit, um sich alles ganz genau anzusehen. Für ihn war Pitapat die hübscheste Fee in der ganzen Welt. Plötzlich blieb ihm das Herz fast stehen!

Pitapat schaute zu ihm herauf! Sie lachte und rief: »Oh, was für ein hübscher kleiner Kuckuck! Und was für eine schöne Stimme er hat! Ich muß ihn unbedingt zu meinem Fest einladen!«

Sie flog zur Uhr hinauf und bat den Kuckuck, zu ihrem Fest zu kommen. Er zitterte fast vor lauter Freude, bedankte sich und sagte, daß er gern kommen würde. Und so flog er dann zwischen den verschiedenen Spielsachen hin und her und war bald mit allen gut Freund.

Das Fest war schon in vollem Gange, als sich plötzlich die Tür ganz leise öffnete. Pitapat bemerkte es als erste, und sie gab einen kleinen Angstschrei von sich.

»Schnell!« rief sie. »Alle Spielsachen, schnell in euren Schrank!«

Die Spielsachen sprangen auf und rannten so schnell wie möglich zum Schrank, als Kasimir, der große schwarze Kater, seinen Kopf zur Tür hereinsteckte. Er sah etwas, das sich am Boden bewegte und sprang mit einem Riesensatz darauf zu. Es war die arme kleine Pitapat, die gerade zum Fenster hinausfliegen wollte.

Der Kuckuck hatte unversehrt auf sein kleines Zimmer in der Uhr fliehen können. Als er Pitapat schreien hörte, lugte er hinaus. Kasimir hielt die kleine Fee gefangen – was sollte er nur tun? Er hatte eine schreckliche Angst vor Katzen, aber er konnte es einfach nicht mitansehen, daß Pitapat in Gefahr war und niemand ihr zu Hilfe kam.

Also nahm er allen Mut zusammen und flog mit einem lauten und tapferen ›Kuckuck‹ zu Boden. Sein hölzerner Schnabel bekam Kasimirs Schwanz zu fassen und er zog und zog und zog. Kasimir konnte sich nicht vorstellen, was da so heftig an seinem Schwanze zog und deshalb schaute er sich um.

Blitzschnell flog der Kuckuck zu Pitapat und hob sie mit seinen Füßen auf. Er trug sie zu seiner Uhr und setzte sie ganz außer Atem in seinem winzigen Zimmer ab. Kasimir fauchte wütend, als er bemerkte, daß man ihn an der Nase herumgeführt hatte und sprang aus dem Fenster.

Der Mond schickte dem Kuckuck einen Lichtstrahl in sein Zimmerchen und so konnte er Pitapat ganz genau sehen. Sie sah richtig krank aus und war

weiß wie eine Schneeflocke. Pitapat gehörte unbedingt ins Bett, das wußte der Kuckuck, doch es gab kein Bettchen in seinem kleinen Zimmer! Dann fiel ihm plötzlich das winzige Bettchen ein, das in der Puppenstube im Spielzeugschrank war. Er flog hinab und bat die Matrosenpuppe, das Bett für ihn herauszutragen. Kurz darauf hatte er das Bettchen in seinem Schnabel und flog damit zu seinem Haus zurück.

Er steckte Pitapat ins Bett und holte ihr eine Tasse Milch aus dem Puppenkaufladen. Sie sagte, es ginge ihr schon viel besser und bedankte sich bei ihrem neuen Freund. Dann legte sie ihr goldenes Köpfchen auf das weiche Kissen und versank in einen tiefen Schlaf. Wie glücklich der Kuckuck war, sie gerettet zu haben! Für ihn war sie wirklich das hübscheste kleine Wesen, das er jemals gesehen hatte.

Eine ganze Woche wollte sie sich bei ihm erholen, und sie spielten und lachten zusammen. Der Kuckuck war sehr traurig, als sich das Ende der Woche näherte, denn er wußte nicht, wie er je wieder ohne seine kleine Freundin auskommen sollte. Sicher würde er sich einsamer fühlen als zuvor.

Plötzlich kam ihm eine Idee. Wenn Pitapat ihn heiraten würde, dann konnten sie für immer zusammenleben, und er würde nie mehr alleine sein! Doch würde eine Fee ein winziges Zimmer in einer Uhr bewohnen wollen, an der Seite eines komischen, hölzernen Kuckucks? Er schüttelte traurig den Kopf, sicherlich würde sie das nicht wollen. Eine große Träne quoll aus seinem Auge und kullerte über seinen Schnabel.

Als Pitapat das sah, kam sie zu ihm gelaufen. Sie schlang ihre Ärmchen um seinen Hals und bat ihn, ihr zu erzählen, warum er so traurig war.

»Ich bin traurig und unglücklich, weil du mich bald verlassen wirst und ich dann wieder allein bin«, sagte der Kuckuck. »Ich liebe dich so sehr, Pitapat und ich wünschte, ich wäre nicht so ein häßlicher, hölzerner Vogel mit einer albernen Stimme und einem winzigen Zimmer in einer Uhr. Wenn ich ein hübsches Rotkehlchen oder eine Singdrossel wäre, dann würdest du mich vielleicht heiraten und wir würden glücklich zusammen leben.«

»Du bist nicht häßlich!« rief die Fee, »und deine Stimme ist schöner als alle Stimmen, die ich jemals gehört habe. Ich finde dich freundlicher als alle

Drosseln und Rotkehlchen auf der Welt. Am liebsten möchte ich dich schon morgen heiraten und für immer mit dir in deiner Uhr leben!«

Der Kuckuck traute seinen Ohren nicht! Die beiden luden alle Spielsachen zu ihrem Hochzeitsfest ein und Pitapat kaufte dem Kuckuck eine blaue Schleife für seinen Hals. Jetzt sah er richtig schick aus! Nach der Hochzeitsfeier flogen sie in ihr kleines Zimmerchen zurück und tanzten fröhlich zusammen.

»Ich werde unser Zimmer ganz neu einrichten«, sagte die Fee überglücklich. »Ich nähe blaue Vorhänge für die Fenster und stelle hübsche Blumen auf die Fensterbank. Dann kaufe ich einen winzigen roten Tisch und zwei passende Stühle dazu. Es wird dir bestimmt gefallen, lieber Kuckuck.«

Sie machte sich gleich an die Arbeit und bald war es richtig gemütlich in dem kleinen Zimmerchen.

Es gefiel dem Kuckuck sehr gut und eines Tages, als Pitapat einen neuen blauen Teppich mitbrachte und auf den Boden legte, da war er plötzlich so glücklich, daß er völlig vergaß, aus seiner Tür zu springen und die Uhrzeit anzusagen.

Es war niemand im Kinderzimmer außer Barbara und sie war sehr überrascht, den Kuckuck nicht zu hören. Sie holte sich einen Stuhl und stellte ihn unter die Uhr. Dann kletterte sie hinauf und öffnete die kleine Tür.

Ihr könnt euch nicht vorstellen, wie erstaunt sie

war, als sie Pitapats freundliches kleines Zimmer sah. Der Kuckuck und Pitapat saßen am Tisch, tranken Schokolade und aßen Plätzchen. Und jetzt stellt euch erst mal die Überraschung der beiden vor, als sie Barbaras große Augen durch die Tür schauen sahen.

»Bitte, verrat unser Geheimnis nicht, liebe Barbara!« rief Pitapat. »Wir sind so glücklich. Verrat unser Geheimnis nicht! Bitte! Bitte!«

»Ich verrate kein Sterbenswörtchen«, versprach Barbara. »Aber ich möchte einmal am Tag in euer hübsches kleines Haus schauen dürfen. Es ist so winzig und so herzig.«

»Aber gern! Wir freuen uns immer über Besuch«, erwiderte der Kuckuck. Er stand auf und verbeugte sich.

Seither schaut Barbara jeden Tag, wenn sie allein in ihrem Spielzimmer ist, in das kleine Kuckuckshaus in der Uhr. Und sie hat wirklich immer Wort gehalten und niemandem das Geheimnis verraten!

Ein gemeiner Dieb

Es war einmal ein kleiner Junge, der hieß Toni. Als er acht Jahre alt wurde, schenkte ihm sein Onkel ein Buch über Vögel.

Es war ein großes Buch mit vielen Bildern von Vögeln und natürlich auch von Vogeleiern.

»Sind sie nicht hübsch?« fragte Toni seine Freundin Cornelia. »Dies hier sind Eier von Heckenbraunellen – sie sind blau wie der Himmel. Ich mache mich noch heute auf die Suche nach einem Heckenbraunellen-Nest und nehme die Eier heraus.«

»Oh, das darfst du aber nicht«, rief Cornelia empört. »Es ist verboten, Eier aus Vogelnestern zu stehlen, das weißt du ganz genau.«

Toni hörte gar nicht zu. Es war Frühling und viele Vögel waren dabei, ihre Nester zu bauen. Toni sah sie emsig hin- und herfliegen. Sie trugen Halme, winzige Zweige oder Federn in ihren Schnäbeln.

»Ich suche ein Heckenbraunellen-Nest, nehme die Eier heraus und lege sie in eine mit Watte ausgelegte Schachtel«, dachte Toni. »Niemand wird davon erfahren.«

Und er fand tatsächlich ein Heckenbraunellen-nest. Es war in eine Weißdornhecke gebaut, die einen Waldweg säumte. Toni sah den Muttervogel hineinfliegen und schlich auf Zehenspitzen zu der Hecke. Er bog die Zweige auseinander und suchte nach dem Nest. Zuerst konnte er es nicht finden, doch dann endlich entdeckte er es. Es war sorgsam zwischen den grünen Blättern versteckt. Und in dem Nest saß die Mutter und brütete ihre Eier aus. Sie schaute Toni unsicher an, bewegte sich aber nicht.

»Flieg fort, flieg fort!« rief Toni und rüttelte an den Zweigen der Hecke. Das war gemein von ihm. Der kleine braune Vogel erschrak, verließ sein Nest

und flog auf den nächsten Baum. Von dort schaute er ängstlich auf die Hecke herab.

Toni sah die schönen blauen Eier, vier an der Zahl und er war so gierig, daß er sie alle nahm. Nicht ein einziges ließ er der Vogelmutter zurück.

Die arme Heckenbraunelle war todunglücklich. Als Toni gegangen war, flog sie zu ihrem Nest zurück und schaute betrübt hinein. Wo waren ihre schönen, kostbaren Eier? Kein einziges lag mehr im Nest. Sie brach in Tränen aus und erzählte allen anderen Vögeln von dem schrecklichen Schicksal, das sie so plötzlich ereilt hatte.

Toni trug die Eier nach Hause. Sie sahen sehr hübsch aus auf der weißen Watte in der kleinen Schachtel. Sie waren so schön, daß er beschloß, sie zu zeichnen und zu malen. Er konnte nämlich sehr gut zeichnen und malen.

»Wo ist mein Silberstift?« fragte Toni. »Die Eier sind sehr leicht zu zeichnen. Am besten zeichne ich zuerst das Nest und dann die Eier.«

Also fing Toni an, mit seinem Silberstift zu zeichnen. Er war sehr stolz auf diesen Stift, denn er hatte ihn bei einem Zeichenwettbewerb in der Schule gewonnen. Keiner seiner Klassenkameraden besaß einen Silberstift. Deshalb war Toni besonders stolz, wenn er ihn in der Schule aus seiner Tasche zog.

Das nächste Nest, das er fand, war ein Rotkehlchennest. Es war am Boden unter einer Hecke in Tonis eigenem Garten gebaut. Auch in diesem Nest wa-

ren vier Eier und er nahm wieder alle heraus. Das Rotkehlchen schimpfte und zeterte, doch das half ihm wenig. Es war furchtbar traurig und beschloß, nie wieder in Tonis Garten zu nisten oder zu singen.

Toni sammelte weiter Eier. Er erzählte nur Cornelia davon und wollte ihr seine Eiersammlung zeigen, doch sie schaute gar nicht hin.

»Du bist ein gemeiner Dieb!« rief sie. »Du machst viele Vögel unglücklich. Ich mag dich nicht mehr!«

Eines Tages spazierte Toni an einer alten verlassenen Burgmauer vorbei. Da hörte er den krächzenden Gesang von vielen Vögeln, und er schaute auf.

»Oh, wie viele Dohlen hier wohnen«, sagte er bei sich. »Und wo viele Dohlen sind, da müssen auch Dohlennester sein! Sie sind bestimmt oben auf dem alten Turm. Ich brauche nur hinaufzuklettern.«

Es war nicht schwer, den alten Turm zu erklim-

men. Überall gab es Löcher in dem bröckelnden Gestein, wo seine Füße Halt fanden, und so arbeitete er sich Schritt für Schritt hinauf. Bald entdeckte er einen großen, tiefen Spalt, in den eine Dohle ihr riesiges, unordentliches Nest aus dünnem Astwerk gebaut hatte.

Und in dem Nest waren drei große Eier!

»So ein Glück«, sagte Toni und langte nach den Eiern.

Nachdem er sie in seiner Jackentasche verstaut hatte und den Turm wieder hinunter geklettert war, lief er geschwind nach Hause. Dort suchte er eine Schachtel, die groß genug war für die Dohleneier und legte sie hinein. Er besaß jetzt schon eine große Eiersammlung! Jedesmal, wenn er ein Nest fand, nahm er sämtliche Eier heraus und ließ der armen Vogelmutter nicht ein einziges zurück. Er dachte nicht daran, wie traurig sie sein mußte, wenn sie ihr Nest leer vorfand und keine Eier mehr zum Brüten hatte.

Am nächsten Tag saß Toni in seinem Zimmer am offenen Fenster und zeichnete eine Karte von England für seine nächste Erdkundestunde. Dazu benutzte er natürlich seinen hübschen Silberstift.

Er stand auf, um sein Lineal zu holen und legte seinen Stift auf die Fensterbank. Genau in diesem Augenblick kam ein großer Vogel herbeigeflogen. Er war pechschwarz bis auf einen grauen Fleck auf seinem Hinterkopf.

Es war eine Dohle! Sie sah den Silberstift in der Sonne aufblitzen und flog sofort auf die Fensterbank. Sie liebte nämlich alles, was glitzerte.

Sie nahm den Silberstift in ihren Schnabel. Er war sehr schwer, doch die Dohle war besonders groß und stark. Als Toni das Geräusch ihrer schlagenden Flügel hörte, drehte er sich um.

Er sah, wie die Dohle seinen kostbaren Stift mit dem Schnabel aufhob, ihre Flügel ausbreitete und davonflog. Sie flog zu dem verfallenen Turm, wo sie und andere Dohlen ihre Nester gebaut hatten.

»Oh!« rief Toni erbost. »So ein gemeiner Dieb! Dieser dumme Vogel hat meinen Stift gestohlen. Komm zurück, Vogel! Komm sofort zurück!«

Doch die Dohle dachte nicht im Traum daran zurückzukommen. Sie trug den Stift in ihr Nest, wo schon ein Stück Silberpapier und ein glitzernder Fingerhut lagen. Der Stift sah sehr hübsch daneben aus, fand sie.

Toni war außer sich. Er rannte zum Fenster und schimpfte laut vor sich hin. Dann fing er an zu weinen, und die Tränen liefen in zwei breiten Bächen über seine Wangen. Er weinte noch immer, als Cornelia in sein Zimmer trat.

»Die Dohle ist ein gemeiner Dieb!« jammerte Toni. »Sie hat mir das Kostbarste gestohlen, was ich besitze – den Silberstift, auf den ich so stolz war!«

Cornelia schaute Jimmy an und sagte kein einziges Wort.

»Warum sagst du nichts?« fragte Toni und wischte sich die Tränen fort. »Du weißt doch, wie sehr ich an meinem Silberstift gehangen habe. Ich hatte ihn bei einem Zeichenwettbewerb gewonnen. Das scheint dir wohl gar nicht leid zu tun. Ich finde es gemein von der Dohle, mir einfach meinen Stift zu stehlen!«

»Ich finde, es ist eine gerechte Strafe«, sagte Cornelia schließlich. »Hat die Dohle nicht genau dasselbe getan wie du? Du hast ihre Eier gestohlen – und sie hat deinen Stift gestohlen.«

»Aber ich habe doch so an meinem Stift gehangen!« rief Toni empört.

»Glaubst du, die Vögel hängen nicht an ihren Eiern?« entgegnete Cornelia. »Sie würden bestimmt nicht so lange auf ihren Eiern sitzen und sie ausbrüten, wenn sie nicht an ihnen hängen würden. Die kleine Heckenbraunelle hing an ihren Eiern, aber du hast sie ihr genommen. Die Rotkehlchenmutter liebte ihre Eier, aber du hast sie ihr genommen. Die Dohle hing auch an ihren Eiern, doch du hast dich nicht daran gestört.«

»Aber mein Stift war aus Silber, und er war sehr kostbar«, schluchzte Toni.

»Dem Vogel sind die Eier bestimmt kostbarer als dir dein Silberstift«, sagte Cornelia. »Schließlich ist in den Eiern etwas Lebendiges, ein Vogelkind. Der Vogel hat es genauso lieb, wie deine Mutti dich lieb hat!«

»Cornelia, sei doch etwas netter zu mir«, sagte Toni, »ich bin so traurig.«

»Ich wäre auch netter zu dir, wenn du endlich einsehen würdest, daß du den Vögeln unrecht getan hast«, sagte Cornelia. »Du schimpfst auf die Dohle, weil sie deinen Stift gestohlen hat. Warum soll es da nicht genauso gemein sein, wenn du ihre Eier stiehlst? Außerdem kann eine Dohle gar nicht gemein sein, denn sie weiß ja nicht, daß Stehlen böse ist, du aber weißt es!«

»O Cornelia, jetzt sehe ich ein, daß es eine gerechte Strafe ist«, sagte Toni und brach erneut in Tränen aus. »Und glaub mir, ich werde nie wieder

Eier stehlen. Ach, wäre ich doch nur nicht so grausam gewesen!«

Cornelia legte ihren Arm um seine Schulter. »Weine nicht«, flüsterte sie. »Jetzt, wo du bereust, was du getan hast, will ich wieder deine Freundin sein. Ich schlachte morgen einfach mein Sparschwein und kaufe dir einen neuen Stift.«

»Nein, das brauchst du nicht zu tun«, rief Toni. »Vielleicht bringt mir die Dohle ja den Stift zurück.«

Aber das hat sie natürlich nicht getan. Armer Toni! Das war eine harte Strafe für ihn, aber er hat sie auch verdient!

Die kleine Quietschpuppe

Es war einmal eine winzige Gummipuppe. Sie war nicht größer als dein Mittelfinger und wohnte in Annemaries Puppenhaus. Annemarie liebte das Püppchen ganz besonders, weil es einen lustigen Quietschton von sich geben konnte. Man brauchte nur auf die Mitte seines Bauches zu drücken, dort wo der Bauchnabel sitzt, dann sagte es ganz laut: »Quiiiiiek!«

Doch eines Tages widerfuhr der Gummipuppe etwas ganz Schlimmes. Annemarie hatte sie aus dem Puppenhaus genommen, um sie ihrem Freund Thomas zu zeigen, der zum Tee gekommen war, und dabei war Thomas versehentlich auf die Puppe getreten.

Jetzt konnte die arme kleine Puppe nicht mehr quietschen. Keinen einzigen Ton gab sie mehr von sich. Ihr könnt euch nicht vorstellen, wie traurig sie war!

Es wohnten noch drei andere Puppen in dem Puppenhaus – zwei winzige aus Holz und eine etwas größere aus Porzellan. Sie waren sehr betrübt, daß die Gummipuppe nicht mehr quietschen konnte.

»Am besten bleibt sie einen ganzen Tag im Bett«, schlug die Porzellanpuppe vor. »Vielleicht ist sie ja nur erkältet und findet ihre Stimme wieder, wenn sie im warmen, kuscheligen Bettchen geschlafen hat.«

Also wurde sie in eines der kleinen Bettchen im Schlafzimmer des Puppenhauses gesteckt und von ihren Freundinnen umsorgt. Doch als sie wieder aufstand, hatte sie ihr Stimmchen nicht wiedergefunden. Die anderen Puppen drückten so fest sie konnten auf ihren Bauch, doch es kam kein Ton heraus.

Auch Annemarie war sehr traurig darüber. Sie untersuchte die kleine Gummipuppe und drückte auf ihren Bauchnabel – aber sie blieb stumm wie ein Fisch.

»Schade, mir hat dein Quietschen immer so gut gefallen«, sagte Annemarie. »Ohne deine Stimme finde ich dich ein bißchen langweilig.«

Da brach die arme kleine Gummipuppe in Tränen aus. Was für ein schrecklicher Gedanke, langweilig zu sein! Und schließlich war es doch nicht ihre Schuld, daß sie ihre Stimme verloren hatte!

Die anderen Puppen versuchten, sie zu trösten und verwöhnten sie mit Süßigkeiten aus dem Spielzeugkaufladen. Dann steckten sie sie wieder ins Bett und deckten sie sorgsam zu. Später trafen sie sich in der Puppenküche und unterhielten sich über die arme Gummipuppe.

»Es wäre so schön, sie wieder quietschen zu hören«, sagte die Porzellanpuppe und zündete eine winzige Kerze im Kerzenhalter an, denn es wurde dunkel in der Puppenstube.

Genau in diesem Augenblick hörten sie ein langes, gedehntes ›Quiiiiiek‹.

»Die Gummipuppe hat ihre Stimme wiedergefunden!« riefen sie und hasteten die Treppe hinauf.

Aber nein, wie sonderbar, die Gummipuppe schlief ganz fest; sie konnte also gar nicht quietschen. Die drei Puppen standen völlig ratlos vor ihrem Bettchen, als sie das Geräusch wieder hörten.

»Quiiiiiek!«

Dann klopfte jemand ganz leise an die Eingangstür des Puppenhauses. Schnell liefen die drei Puppen die Stufen wieder hinunter, um nachzusehen, wer da war.

Vor der Tür stand ein winziges Mäuschen. Es zupfte verlegen an seinen dünnen Barthaaren und sagte leise:

»Die Negerpuppe hat mir erzählt, daß jemand von euch seine Stimme verloren hat und ich habe eine besonders schöne. Ich bin schrecklich hungrig; wenn ihr mir etwas Leckeres zu essen gebt, dann könnt ihr meine Quietschstimme haben.«

Die Puppen waren begeistert. »Komm herein!« sagte die Porzellanpuppe. »Ich hoffe, wir haben noch etwas zu essen, aber ich glaube es nicht.«

Die Maus trat ein. Die Puppen öffneten den kleinen Küchenschrank – aber er war ganz, ganz leer. Es gab überhaupt nichts zu essen im ganzen Haus!

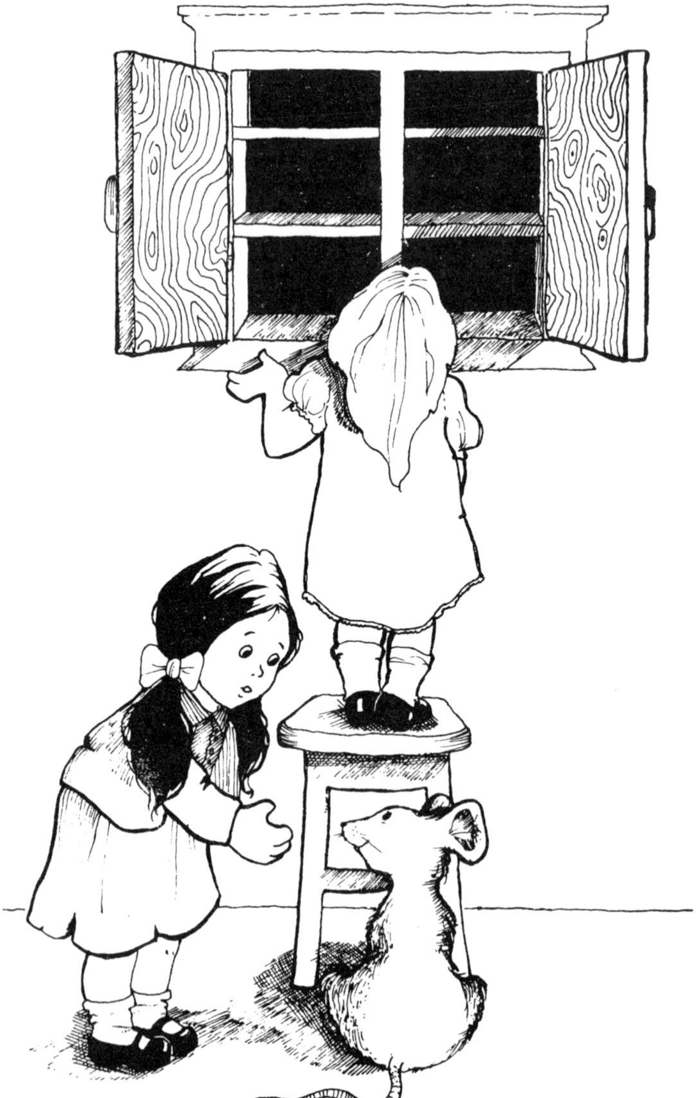

»So ein Pech!« sagte die Porzellanpuppe. »Es wäre so schön, wenn die Gummipuppe wieder quietschen könnte.«

Das kleine Mäuschen schaute auf die Kerze, die auf dem Tisch brannte. »Könnte ich die Kerze haben?« fragte es. »Sie ist aus Talg, und ich esse Talg so gerne!«

»Ach du liebe Zeit!« riefen die Puppen. »Wie kann man nur Kerzen essen!«

Sie bliesen die Kerze aus, zogen sie aus dem Kerzenhalter und gaben sie dem Mäuschen. Nachdem es mehrere Male daran geschnuppert hatte, bat es um ein Glas Wasser. Es quiekte etwa zwanzigmal hinein, legte dann seine Pfötchen auf das Glas und reichte es der Porzellanpuppe.

»Gib es der Gummipuppe zu trinken; dann kommt ihre Stimme zurück«, sagte es. Danach huschte es mit seiner kleinen Kerze zur Tür hinaus.

Die drei Puppen liefen wieder ins Schlafzimmer und weckten das Gummipüppchen auf.

Sie gaben ihm das Glas Wasser zu trinken. Nachdem sie eine Weile gewartet hatten, drückten sie ganz kräftig auf seinen Bauch. Das Gummipüppchen rief ganz laut: »Quiiiiiek!«

»Du kannst wieder quietschen!« rief die Porzellanpuppe. »Da wird sich Annemarie aber freuen!«

Und wie sich Annemarie freute! Doch sie weiß bis heute nicht, wo die kleine Kerze aus dem Puppenhaus geblieben ist.

Wenn ihr wollt, dürft ihr es ihr ruhig erzählen!

Das vierblättrige Kleeblatt

Susanne und Peter waren schrecklich aufgeregt. Ihre Tante Liselotte hatte versprochen, mit ihnen in den Zirkus zu gehen, und sie freuten sich schon seit Tagen darauf.

Doch als sie an Tante Liselottes Tür klingelten, machte sie traurig auf. »Meine Lieben«, sagte sie, »ich habe mein Portemonnaie verloren und mein ganzes Geld war drin! Ich habe schon überall gesucht, doch ich kann es einfach nicht finden. Und weil heute Sonntag ist und die Banken geschlossen haben, kann ich euch nicht in den Zirkus einladen.«

Die Kinder waren furchtbar enttäuscht. Doch als Peter sah, wie betrübt seine Tante war, meinte er: »Das macht nichts, Tante. Sag uns lieber, ob wir etwas für dich tun können. Wir tun es gern, weißt du – du sollst nämlich nicht so traurig sein!«

»Ihr seid wirklich lieb«, sagte Tante Liselotte. »Aber ich weiß wirklich nicht, was ihr für mich tun könntet. Ich hatte schon alles fix und fertig und war zum Ausgehen bereit, als ich merkte, daß ich mein Portemonnaie verloren hatte. Am besten geht ihr in den Garten spielen.«

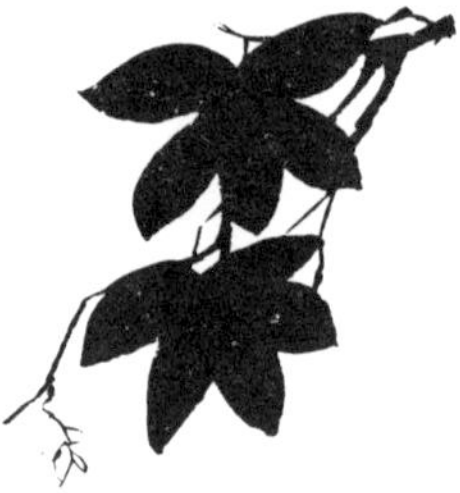

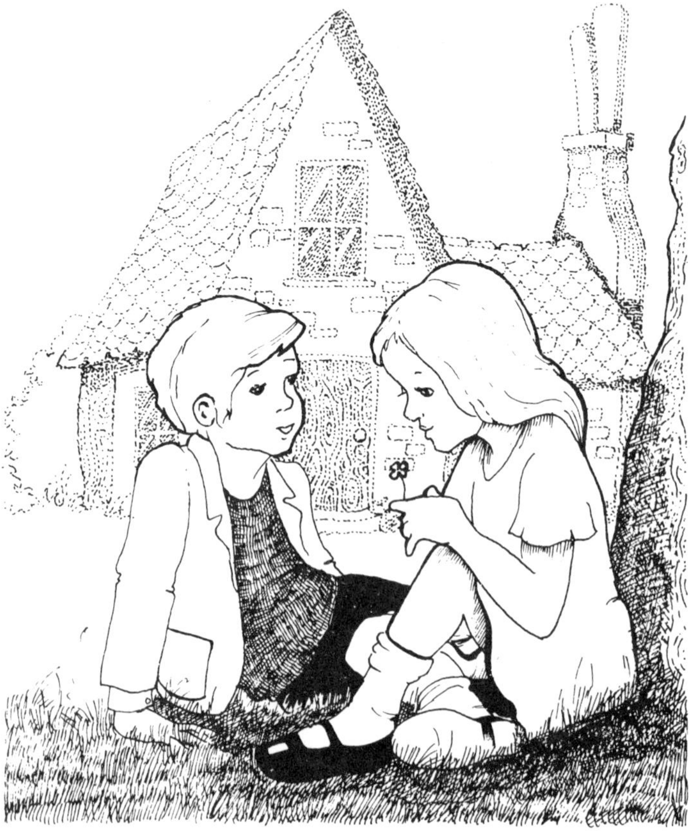

Die beiden gingen nach draußen in Tante Liselottes winzigen Garten.

»Ich weiß gar nicht, was wir spielen sollen!« sagte Susanne. »Oh, ich hab's! Laß uns ein vierblättriges Kleeblatt suchen, Peter. Du weißt ja, das bringt Glück! Wir schenken es der Tante, denn sie hat in letzter Zeit wirklich kein Glück gehabt. Vor einer Woche hat sie sich in den Finger geschnitten, dann hat sie ihren Wandteller zerbrochen, und heute muß sie auch noch ihr Portemonnaie verlieren.«

»Ja, so ein Kleeblatt würde ihr sicher Glück bringen«, stimmte Peter zu.

Also machten sie sich auf die Suche. Sie krabbelten auf allen vieren über den Rasen und suchten jedes Fleckchen sorgfältig ab.

»Ich hab' eins!« rief Susanne plötzlich und hielt es triumphierend hoch. Peter untersuchte es und wirklich, es hatte vier Blätter statt drei.

»Ich schenke es der Tante«, sagte Susanne. »Dann hat sie ab jetzt bestimmt mehr Glück.«

Auf dem Weg zum Haus trat Susanne auf etwas Weiches. Sie schaute auf den Boden und sah Tante Liselottes Geldbeutel!

»Peter! Das Portemonnaie! Ich bin darauf getreten! Das Kleeblatt ist wirklich ein Glücksbringer!«

»Dann gib es schnell der Tante, bevor du seine ganze Zauberkraft verbraucht hast!« rief Peter, und Susanne rannte ins Haus hinein. Wie sich Tante Liselotte freute!

»Meine Geldbörse!« rief sie. »Und ein vierblättriges Kleeblatt! Wie lieb von euch, denn schließlich hättet ihr es ja auch behalten können, um selbst Glück zu haben. Vielen tausend Dank, meine Lieben! Wenn wir uns beeilen, dann kommen wir doch noch rechtzeitig zum Zirkus. Schließlich sollt ihr ja als gerechte Belohnung auch etwas von dem Glücksklee spüren!«

Sie brachen sofort auf und nahmen den nächsten Bus. Das Kleeblatt hat ihnen übrigens noch viel mehr Glück gebracht! Erst bekam jedes Kind einen Luftballon von den Clowns, und dann fand Susanne auch noch ein Markstück auf der Straße. Da sich nicht herausfinden ließ, wem es gehörte, durfte sie es behalten.

»Das war wirklich ein Glücksbringer«, sagte Susanne. »Wie gut, daß wir das Kleeblatt für dich gesucht haben, Tante Liselotte. Es hat uns allen Glück gebracht!«

»Das ist die Belohnung dafür, daß ihr so lieb zu mir gewesen seid. So etwas macht sich immer bezahlt. Und wenn ihr jetzt noch jeder ein vierblättriges Kleeblatt für euch selbst findet, dann nimmt das Glück vielleicht gar kein Ende mehr. Ich werde meinen Glücksklee auf jeden Fall immer bei mir tragen!«

Tante Liselotte hat ihn übrigens heute noch. Er ist in einem kleinen Umschlag in ihrem Geldbeutel. Letzte Woche hat sie ihn mir noch gezeigt!

Der Bär
mit den Knopfaugen

Es war einmal ein kleiner Teddybär mit schwarzen Knopfaugen. Er sah sehr gut mit seinen Augen, doch er konnte sie nicht schließen. Das machte ihm aber nichts aus, weil er sowieso nie müde war.

Eines Tages nahm ihn Katrin, seine kleine Besitzerin, zum Spielen mit in den Garten, als plötzlich etwas Schreckliches passierte. Einer seiner Augenknöpfe lockerte sich und fiel ins Gras. Ihr könnt euch sicher vorstellen, wie entsetzt der Bär war!

Katrin bemerkte es nicht. Sie deckte gerade den Kaffeetisch und sah nicht, daß der Bär nur noch ein Auge hatte. Er tat alles, was in seiner Macht stand, um es ihr zu zeigen, aber sie war so in ihr Spiel vertieft, daß sie ihn gar nicht beachtete.

»O weh, o weh!« dachte der kleine Bär. »Was soll ich nur tun? Ich bin heute nacht zum Tanzball der Spielsachen eingeladen, und da kann ich doch nicht mit einem Auge hingehen!«

Dann wurde Katrin von ihrem Kindermädchen gerufen. Sie räumte blitzschnell ihr Spielzeug ein, trug es ins Haus und nahm auch den Teddy mit. Der Bär wußte nicht mehr ein noch aus.

Er saß ganz still und traurig in seiner Ecke im Spielzeugschrank. Sein Freund, das Stoffkaninchen, merkte sofort, daß irgend etwas nicht in Ordnung war.

»Was macht dich so traurig?« fragte es und legte seine weiche Pfote auf die des Teddybären.

»Ich habe ein Auge im Gras verloren«, sagte der Bär schluchzend. »Katrin hat es nicht bemerkt und ich weiß nicht, wie ich zu dem Tanzball gehen soll, wenn ich nur ein Auge habe. Was soll ich bloß tun?«

Der Stoffhase dachte angestrengt nach. Dann drückte er die Pfote des Teddys und sagte, »sobald es dunkel ist und der Mond scheint, führe ich alle Zinnsoldaten in den Garten. Sie sollen nach deinem Auge suchen.«

»Oh, das ist nett von dir«, sagte der Teddybär dankbar.

Sobald also Katrin im Bett war und der Mond am Himmel stand, führte das Stoffkaninchen alle Zinnsoldaten hinaus in den Garten. Dort suchten sie zwei geschlagene Stunden lang nach dem verlorenen Knopfauge.

Doch wie sehr sie auch suchten, es war einfach nicht zu finden. »Sonderbar«, dachten sie, »irgendwo muß es doch sein!«

Ein kleines Heinzelmännchen kam durch den

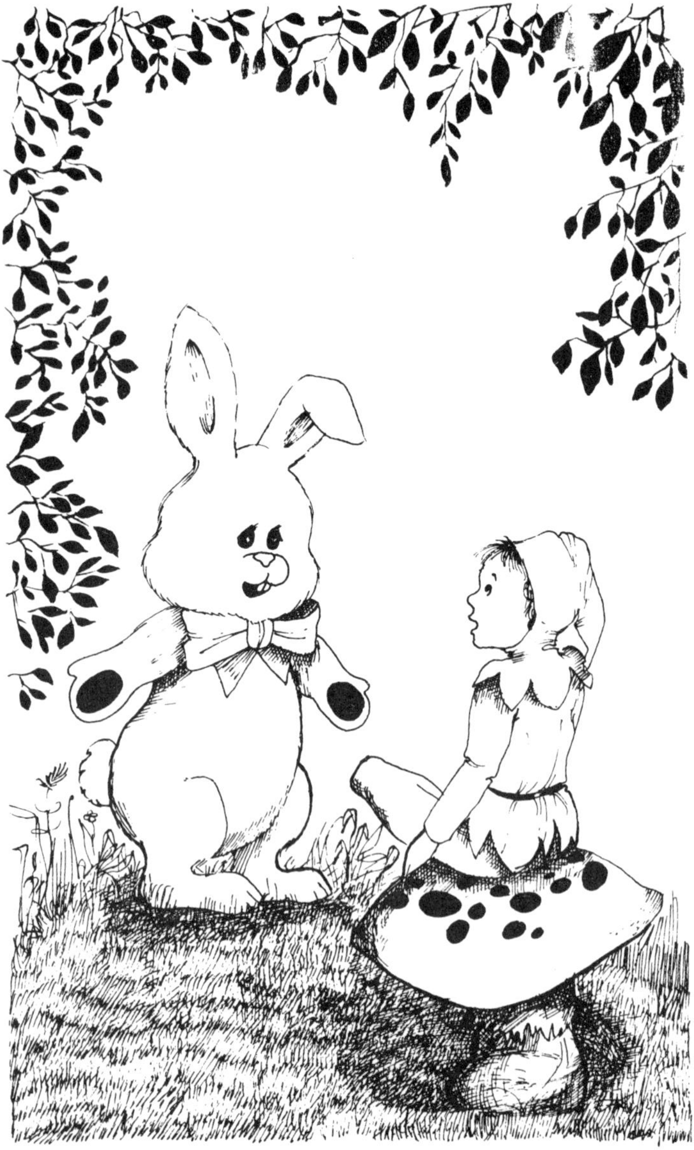

Garten gelaufen. Es blieb erstaunt stehen, als es die vielen Zinnsoldaten sah.

»Was in aller Welt macht ihr hier zu so später Stunde?« fragte es.

»Wir suchen nach dem Knopfauge des Teddybären«, erwiderte das Stoffkaninchen. »Er hat es heute nachmittag im Garten verloren und meint, er könne mit einem Auge nicht zum Tanzball gehen.«

»Um Himmels willen«, rief das Heinzelmännchen. »Ich weiß schon, was mit dem Knopfauge passiert ist.«

»Und was?« fragten die Zinnsoldaten und das Kaninchen wie aus einem Munde.

»Die kleine Elfe Leichtfuß war heute abend hier im Garten«, erklärte das Heinzelmännchen, »als sie plötzlich bemerkte, daß sie einen schwarzen Knopf von ihrem rechten Schuh verloren hatte. Da entdeckte sie einen ähnlichen schwarzen Knopf im Gras. Sie hob ihn auf und nähte ihn an ihren Schuh. Ich selbst habe ihr Nadel und Faden geborgt.«

»O weh!« rief der Stoffhase entsetzt. »Und was sollen wir jetzt tun? Weißt du, wo die Elfe Leichtfuß wohnt?«

»Nein, eben nicht«, antwortete das Heinzelmännchen. »Ich fürchte, der Bär wird sein Knopfauge wohl nicht zurückbekommen.«

Alle verstummten und zerbrachen sich den Kopf, was sie jetzt noch tun konnten. Schließlich meldete sich das Heinzelmännchen wieder zu Wort.

»Wenn wir nur irgendwo ein anderes Knopfauge fänden«, meinte es, »ich könnte es bestimmt annähen.«

Der Stoffhase bedankte sich bei ihm.

»Vielleicht finde ich eins in Katrins Nähkästchen«, sagte er. »Ich schau mal schnell nach.«

Also lief er zurück ins Spielzimmer und wühlte das Nähkästchen durch. Doch es waren nur Perlmuttknöpfe drin, und die waren als Augen nicht geeignet. Der Stoffhase war verzweifelt. Wie sollte er dem Teddybären nur helfen? Der Tanzball fing schon in einer Stunde an!

Plötzlich kam ihm der rettende Gedanke. Er wußte, daß Katrin Schuhe trug, die kleine Knöpfe an der Seite hatten. Wenn er sie finden würde, könnte er vielleicht einen der Knöpfe abschneiden! Das wäre doch eine Lösung!

Also lief er zu dem Schuhschränkchen. Doch Katrins Schuhe waren gerade beim Schuster. Er fand nur ein Paar weiße Schuhe mit weißen Knöpfen.

»Vielleicht tut's ein weißer Knopf auch«, dachte der Stoffhase. »Sicher kann er damit genauso gut sehen.«

Er holte eine Schere und schnitt den Knopf vom Schuh. Dann lief er zu dem Bären im Schrank.

»Komm heraus!« rief er. »Ich habe einen Knopf für dein zweites Auge gefunden. Er ist zwar weiß, aber das ist ja besser als gar nichts!«

Er führte ihn zu dem Heinzelmännchen und dieser besorgte eine Spule mit Spinnenwebenfaden und eine Tannennadel. Im Handumdrehen war der Knopf angenäht, und so hatte der Teddy wieder zwei Augen.

»Ich kann ganz prima damit sehen!« rief der Bär. »Ich bin so froh! Aber sehe ich jetzt nicht sehr komisch aus?«

Natürlich sah er ein wenig sonderbar aus mit einem weißen und einem schwarzen Auge, doch der Stoffhase sagte, daß es nicht störe, im Gegenteil. Also ging der Bär überglücklich zum Tanzball.

Als Katrin am nächsten Morgen ihre weißen Schuhe anziehen wollte, war sie sehr überrascht, daß ein Knopf fehlte.

»Ich weiß ganz genau, daß er gestern abend noch dran war«, sagte sie. »Wo mag er nur sein?«

Dann plötzlich fiel ihr der Teddybär auf, der sie mit einem schwarzen und einem weißen Auge anschaute. Sie lief zu ihm und nahm ihn auf den Arm.

»Oh, mein armer Liebling!« rief sie. »Wie bist du nur zu einem weißen Auge gekommen? Gestern hattest du noch zwei ganz schwarze! Das muß dir wohl ein Heinzelmännchen gestern nacht angenäht haben!«

Katrin schaute sich das weiße Auge genauer an und entdeckte, das es mit einem Spinnwebenfaden statt mit gewöhnlichem Garn angenäht war. Jetzt hatte sie den Beweis dafür, daß ein Heinzelmännchen oder irgendeine andere Märchengestalt am Werk gewesen war. Sie war überglücklich.

»Endlich weiß ich, daß es wirklich Heinzelmännchen gibt«, rief sie. »Oh, Teddy, du sollst dein weißes Auge behalten, damit ich immer daran erinnert werde. Wenn du mir nur genau erzählen könntest, was geschehen ist!«

Das konnte der Teddy natürlich nicht. Aber er hat heute noch ein schwarzes und ein weißes Auge. Solltest du ihm also begegnen, dann weißt du ganz genau, wer er ist.

Brombeeren, Brombeeren ...

Brombeeren, Brombeeren, wer sagt da schon nein,
was könnte wohl leckrer als Brombeeren sein?
Gepflückt von uns Kobolden, tief in der Nacht,
lange bevor noch ein Kind erwacht.

Kauft, Leute, kauft! Was zögert ihr noch?
Sie sind nirgends besser, das wißt ihr doch!
Macht Marmelade, macht Kuchen draus,
dann duftet es köstlich im ganzen Haus.

He, kleine Elfen, der Abend ist lau,
vermischt die Beeren mit Morgentau.
Brombeeren, Brombeeren, wer sagt da schon nein!
Was könnte wohl leckrer als Brombeeren sein?

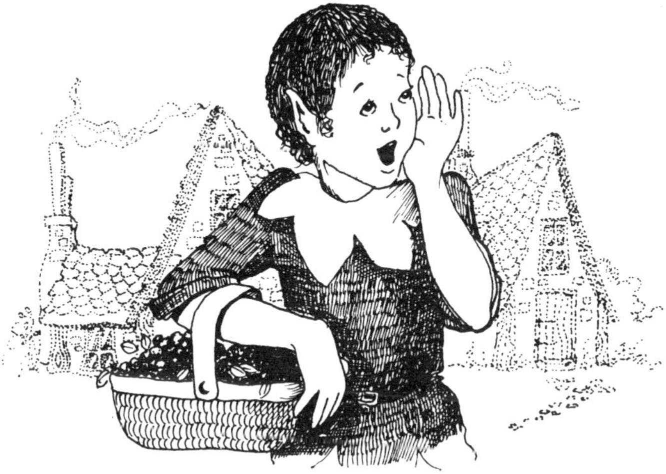

Die sechs
Elfenpüppchen

In einem Spielzeugladen saßen sechs Elfenpüppchen. Die erste war einen halben Meter groß und wunderschön. Die zweite war ein wenig kleiner. Die dritte und vierte, zwei goldige kleine Puppen mit zarten, schimmernden Flügelchen waren noch kleiner. Die fünfte maß nur zehn Zentimeter, doch sie war sehr hübsch gekleidet und hielt einen silbernen Stab in der Hand.

Die letzte war ganz winzig, kleiner als der Zeigefinger einer Kinderhand. Ihre Flügel waren aus billigem Silberpapier und ihr Elfenstab aus einfachem Draht. Ihr Kleidchen bestand aus einem winzigen Stück Musselin und ihre Füße waren so klein, daß sie in keinen Schuh paßten.

Die großen Puppen hockten stets dicht beieinander und unterhielten sich. Dabei nahmen sie von dem winzigen Elfenpüppchen nicht die geringste Notiz. Es hörte ihnen traurig zu und wünschte, es wäre so groß wie sie.

»Man wird uns bestimmt fürs nächste Weihnachtsfest kaufen«, sagte die eine stolz. »Und weil ich die größte bin, werde ich natürlich als erste ausgewählt.

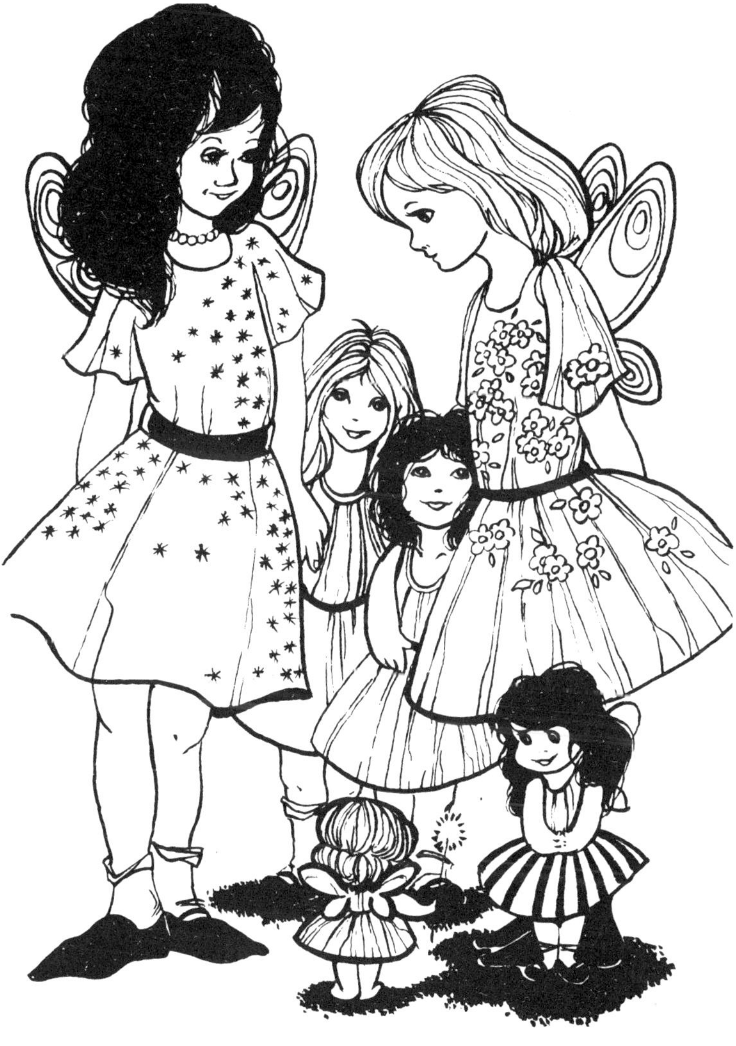

Dann befestigt man mich an der Spitze eines großen Christbaums, und ich kann das ganze Fest überblikken.«

»Ich bin fast so groß wie du«, sagte die zweite. »Und ich werde sicherlich von Leuten gekauft, die einen etwas kleineren Weihnachtsbaum haben.«

»Wir beide sind zwei niedliche kleine Püppchen«, sagten die dritte und die vierte. »Das hat die Verkäuferin gesagt, als sie uns in die Vitrine setzte. Sie meinte, wir würden bestimmt auch gekauft.«

»Ich bin die hübscheste von uns allen«, sagte die fünfte. »Ich habe das schönste Kleid – es ist handgeschneidert – und mein Stab glitzert wie Silber! Ich bin sehr kostbar und werde bestimmt von einer besonders reichen Dame für den Christbaum ihrer Kinder gekauft. Man wird sich um mich reißen.«

»Und was ist mit mir?« fragte das allerkleinste Püppchen. »Wird man mich auch kaufen?«

»Dich?« sagten die anderen wie aus einem Munde. »Du wärst ja selbst für einen Zwergenchristbaum noch zu klein. Dich wird natürlich niemand kaufen. Du bleibst noch ein paar Jahre im Regal stehen und dann bist du so verstaubt, daß man dich irgendwann in den Mülleimer wirft.«

Die Tage vergingen, und das Weihnachtsfest rückte immer näher. Doch noch keine der Elfenpuppen hatte einen Käufer gefunden. Sie waren alle schrecklich enttäuscht. Am Tag des Heiligen Abends, als die Verkäuferin gerade das Geschäft schließen wollte, ertönte plötzlich das Klingeln der Ladenglocke.

Alle Elfenpuppen setzten sich in Pose. Vielleicht würde doch noch eine von ihnen gekauft! Es war ein kleines, altes Mütterchen, das sie eine nach der anderen musterte.

»Ich hätte gern eine Elfenpuppe«, sagte das Mütterchen.

Die Verkäuferin holte alle sechs vom Regal und setzte sie auf den Ladentisch.

»Wie hübsch sie sind!« staunte das alte Mütterchen. »Doch die meisten sind mir viel zu groß. Ich brauche nur eine winzig kleine für meine Weihnachtstorte.«

»Dann würde ich Ihnen zu dieser hier raten«, sagte die Verkäuferin und zeigte auf das allerkleinste Püppchen. Wie stolz und glücklich es war!

»Ja, die paßt ganz hervorragend«, sagte die alte Frau. Sie legte zehn Groschen auf den Ladentisch, und die Verkäuferin wickelte die kleine Puppe in braunes Geschenkpapier.

Die anderen Puppen sahen mißmutig zu. Das winzige Püppchen war also als einziges gekauft worden. Was für eine bittere Enttäuschung!

»Ich glaube, wir sollten von jetzt an bescheidener sein«, flüsterte die größte Elfenpuppe, als sie bis zum nächsten Weihnachtsfest wieder in ihre Schachteln verpackt wurden. »Ich wüßte nur zu gern, wie es der kleinen Puppe jetzt geht.«

Es ging ihr unbeschreiblich gut! Man hatte sie in die Mitte einer wunderschönen Weihnachtstorte gestellt. Um sie herum standen braune Häschen und kleine rote Zwerge aus Marzipan. Für sie war das Elfenpüppchen das schönste, was sie jemals gesehen hatten.

»Du sollst unsere Königin sein!« riefen sie. Gegen Mitternacht setzten sie ihr eine Krone auf und tanzten im Kreis um sie herum. Und die kleine Elfenpuppe war sehr glücklich.

Am Nachmittag des Weihnachtstages wurde sie von allen bewundert, ganz besonders natürlich von den Kindern. Sie baten ihre Mutter, sehr vorsichtig zu sein, damit das Püppchen beim Aufschneiden der Torte nur nicht verletzt wurde.

Und was geschah nach dem Weihnachtsfest mit dem Elfenpüppchen? Es kam in die Puppenstube, um dort nach dem Rechten zu sehen. Es paßte haargenau hinein und ihr könnt euch sicher vorstellen, daß es sich bestens um den Puppenhaushalt kümmerte! Kein Staubkörnchen würdet ihr entdecken! Nachts schläft es in dem Puppenbettchen und es fühlt sich wohl wie ein Fisch im Wasser. Ihr müßtet es singen hören, wenn es auf dem kleinen Zinnherd sein Frühstück kocht!

Riesenhand und Langfuß

Die beiden Kobolde, Riesenhand und Langfuß, hatten einmal einen Streit. Sie waren Nachbarn und hatten sich bis dahin immer gut verstanden.

Es war wirklich ein sehr alberner Streit. Tiptap, der Metzger, wollte Langfuß seine wöchentliche Fleischbestellung liefern, doch Langfuß war nicht zu Hause. Deshalb legte Metzger Tiptap das Fleisch ganz einfach auf die Fensterbank. Als Langfuß heimkam, sah er, wie Riesenhands Katze an dem Fleisch leckte.

Empört lief Langfuß zu Riesenhands Haus.

»Deine Katze hat an meinem Fleisch geleckt!« rief er mit zorniger Stimme. »Du mußt sie auf der Stelle dafür bestrafen!«

»O nein, das werde ich nicht tun«, sagte Riesenhand, der seine Katze über alles liebte. »Welche Katze würde nicht an einem Stück Fleisch lecken, das auf einer Fensterbank liegt! Beschwer' dich lieber bei deinem Metzger, daß er so leichtsinnig war. Jede andere Katze hätte das ganze Fleisch gestohlen und aufgefressen. Eigentlich müßte meine Katze sogar gelobt werden, weil sie doch nur an dem Fleisch geleckt hat. Sie hätte es sicher nur zu gern gefressen.«

In diesem Augenblick kam die Katze ins Haus gelaufen und leckte sich genüßlich das Schnäuzchen. Kaum hatte Langfuß sie entdeckt, da ging er auch schon auf sie los. Er versetzte ihr einen heftigen Tritt, so daß sie laut miauend in eine Ecke floh.

Riesenhand wurde schrecklich böse. Er packte Langfuß und schüttelte ihn kräftig durch – doch Langfuß war so dünn wie ein Spazierstock. Er hatte unendlich große, knochige Füße und lange, spindeldürre Arme, viel zu dünn, um richtig durchgeschüttelt zu werden. Also ließ Riesenhand schon bald von ihm ab. Langfuß stürzte aus dem Haus und schrie: »Das werd' ich dir heimzahlen. Darauf kannst du wetten!«

Und das tat er auch. Er warf seinen ganzen Abfall über die Mauer in Riesenhands Garten. Er zündete ein Feuer an, als der Wind gerade in die Richtung von Riesenhands Haus blies und so war seine Küche den ganzen Tag voller Rauch. Und immer wenn Riesenhand seinen Mittagsschlaf halten wollte, stellte er sein Grammophon auf Lautstärke.

Da platzte Riesenhand der Kragen. Er rannte wutschnaubend den Gartenweg zu Langfuß' Haus hinauf und läutete Sturm. Natürlich öffnete Langfuß nicht, und so trommelte Riesenhand gegen die Haustür und brüllte, was das Zeug hielt.

»Ich werde mich für all deine Gemeinheiten rä-

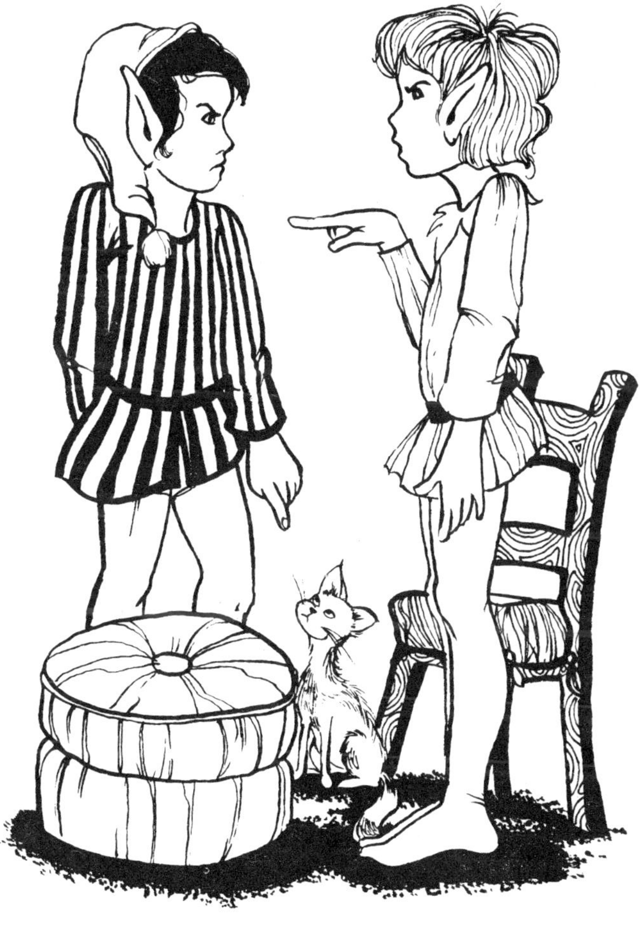

chen! Ja, nimm dich nur in acht, Langfuß. Es wird dir noch leid tun, das schwöre ich dir. Ich werd' dir zeigen, wie gemein *ich* sein kann – da wirst du staunen! Grrrrr!«

Riesenhands Stimme klang so zornig und drohend, daß Langfuß ein kalter Schauer über den Rücken lief. Riesenhand war für gewöhnlich sehr friedfertig und geriet nur selten außer sich. Wenn ihn aber doch einmal die Wut packte, dann dafür um so heftiger!

Langfuß hielt sich am Fenster hinter dem Vorhang versteckt und beobachtete, wie Riesenhand zu seinem Haus zurückkehrte. Er hatte seine Riesenhände zu Fäusten geballt und streckte sie bei jedem Schritt drohend in die Luft.

»O weh«, dachte Langfuß. »Ich glaub', ich muß mich wirklich in acht nehmen. Wer weiß, was Riesenhand sich in seinem Zorn alles ausdenkt!«

Also warf Langfuß an diesem Tag seinen Abfall nicht über die Mauer und drehte auch sein Grammophon nicht auf Lautstärke. Er ging früh zu Bett, las noch zwei, drei Seiten in einem Buch und schlief dann fest ein.

Mitten in der Nacht wachte er auf. Der Mond schien durch das Fenster und tauchte das Zimmer in ein blasses, unheimliches Licht. Plötzlich fuhr Langfuß zusammen. Am Ende seines Bettes ragte etwas in die Luft, das wie zwei riesige Hände aussah. Dieses Etwas mußte jemandem gehören, der sich hinter seinem Bett versteckt hielt und ihn im nächsten Augenblick erdrosseln wollte.

Langfuß wurde bleich wie sein Bettlaken und zitterte so sehr, daß sein ganzes Bett bebte. Jedes einzelne Haar stand ihm zu Berge.

»Es muß Riesenhand sein, der sich an mir rächen will!« dachte er entsetzt. »O weh, o weh! Was für schrecklich große Hände er hat! Sie werden mich erwürgen, wenn ich nur meinen Mund aufmache.«

Doch unser armer Langfuß hatte sich getäuscht.

Was er für Riesenhands Hände hielt, waren alles andere als Hände – es waren seine eigenen großen, knochigen Füße, die aus der Bettdecke hervorlugten. Langfuß war so spindeldürr, daß all seine Kleider und auch seine Decke von ihm abglitten. Er hätte sie festbinden müssen.

Langfuß blieb unbeweglich liegen und starrte auf seine Füße. Er glaubte noch immer, es könnten nur Hände sein. Was in aller Welt sollte er tun? Plötzlich verschwand der Mond hinter einer Wolke und es wurde stockfinster im Zimmer. Langfuß beschloß, aus dem Bett zu kriechen und seine Kerze anzuzünden.

Also schlüpfte er ganz langsam heraus und schlich zu dem Tisch, auf dem seine Kerze stand. Er zündete sie an und hielt sie hoch, um nach Riesenhand zu suchen – doch natürlich fand er ihn nicht. Er schien sich in Luft aufgelöst zu haben, äußerst sonderbar!

»Er ist fort«, dachte Langfuß erleichtert. »Wie er mich erschreckt hat, dieser üble Kerl. Was soll ich nur tun, wenn er morgen wiederkommt? Ich werd' mich kaum trauen, ins Bett zu gehen. Am besten besuche ich gleich morgen früh Polizist Knüppel, um mich bei ihm zu beschweren!«

Also ging Langfuß am nächsten Morgen zur Polizeiwache, wo Herr Knüppel arbeitete. Dieser beendete eben sein Frühstück, als Langfuß eintrat und berichtete, was sich in der letzten Nacht zugetragen hatte.

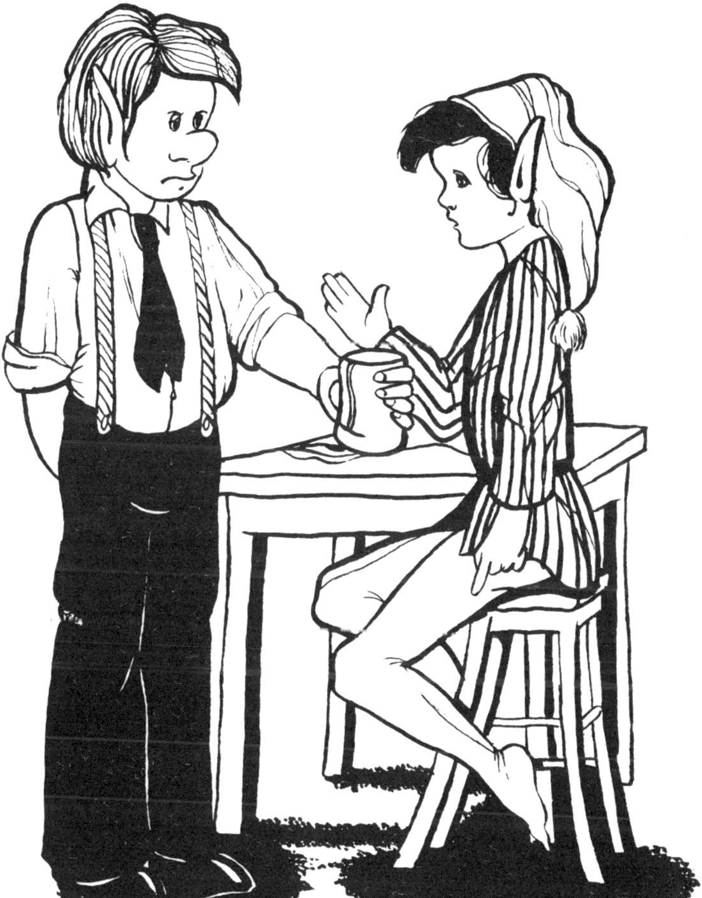

»Ja, ich kann's beschwören«, rief Langfuß ganz aufgeregt. »Dieser gräßliche Kerl schlich sich mitten in der Nacht heimlich in mein Schlafzimmer, versteckte sich am Fußende meines Bettes und als ich aufwachte, streckte er mir seine riesigen Hände entgegen. Stellen Sie sich das vor! Ich meine, man sollte ihn am besten gleich festnehmen und ins Gefängnis werfen.«

»Nun, ich weiß nicht recht«, meinte Polizist Knüppel und kratzte sich nachdenklich am Kopf. »Und wenn Sie sich getäuscht haben, Langfuß? Schließlich haben Sie Riesenhands Gesicht nicht gesehen, oder? Es hätte ja auch jemand anderes sein können als ausgerechnet Ihr Nachbar.«

»Aber hören Sie mal!« rief Langfuß entrüstet. »Wer sollte es denn sonst gewesen sein? Niemand hat so große Hände wie Riesenhand. Ich weiß ganz genau, daß es seine Hände waren!«

»Am besten schauen wir, ob er noch einmal kommt«, schlug Polizist Knüppel vor. »Ich verstecke mich heute nacht in Ihrem Garten. Wenn Sie rufen, eile ich Ihnen zu Hilfe und verhafte Riesenhand – wenn er es wirklich ist.«

»Und wenn er entwischt, bevor Sie da sind?« fragte Langfuß. »Wie soll ich ihn festhalten? Er ist doch so groß.«

»Hmm«, sagte Polizist Knüppel und dachte angestrengt nach. »Ich schlage vor, Sie nehmen ein Seil und binden es zu einer Schlinge. Wenn Riesenhand tatsächlich wiederkommt und Sie mit seinen riesigen Händen erschreckt, so werfen Sie einfach die Schlinge drüber und ziehen fest zu. Dann kann ich ihn gleich gefesselt abführen.«

»Oh, das ist eine sehr gute Idee!« rief Langfuß hocherfreut. Er lief auf der Stelle nach Hause, suchte ein Seil und band es zu einer Schlinge. Bevor er zu Bett ging, legte er das Seil unter sein Kopfkissen. »Jetzt nimm dich in acht, lieber Riesenhand«, dachte er und schlief ein.

Kurz nach Mitternacht wurde er jählings aus dem Schlaf gerissen. Er schnellte hoch, und da waren wieder seine großen, knochigen Füße, die im Mondlicht wie zwei riesige Hände aussahen.

»Das bist du, Riesenhand. Ich weiß ganz genau, daß du es bist«, flüsterte er mit heiserer Stimme und zog vorsichtig sein Seil unter dem Kopfkissen hervor. Er warf die Schlinge über die vermeintlichen Hände an seinem Fußende – und zog fest zu. In Wirklichkeit aber waren es seine eigenen Füße und er schrie vor Schmerz laut auf.

»Laß meine Füße los, Riesenhand! Du gemeiner Kerl, laß mich gefälligst los! Na warte, dir werde ich's zeigen!«

Und während er das Seil immer fester anzog und somit seine Füße zusammenband, wälzte sich der arme Langfuß im Bett hin und her. Er glaubte, Riesenhand gefesselt zu haben, deshalb zog er immer heftiger an dem Seil – und je mehr er daran zog, desto stärker grub sich das Seil in seine knochigen Füße. Bald hatte er sich so gründlich gefesselt, daß er sich gar nicht mehr bewegen konnte.

»O weh, o weh! Hilfe! Hilfe!« rief er und purzelte mit einem lauten Plumps aus dem Bett. Er versuchte aufzustehen, doch seine Füße waren zusammengebunden, und er fiel bei jedem Versuch wieder zu Boden. Er war schier außer sich vor Angst und sehr wütend.

»Herr Knüppel, Herr Knüppel, helfen Sie mir!« brüllte er. »Riesenhand hält meine Füße umklammert und will mich nicht loslassen!«

Der gute Polizist Knüppel hatte sich, wie versprochen, im Garten versteckt – und war eingeschlafen. Als er Langfuß schreien hörte, wachte er auf und wollte ihm zu Hilfe eilen.

Im selben Augenblick stürmte Riesenhand, der ebenfalls von dem lauten Geschrei aufgewacht war, aus seinem Haus.

»Was ist los? Was ist passiert?« rief Riesenhand und kam in Langfuß' Garten gerannt. Dabei wäre er um Haaresbreite mit Herrn Knüppel zusammengestoßen. Der Polizist war höchst erstaunt, ihn in Langfuß' Garten und nicht in seinem Hause vorzufinden.

Die beiden Männer öffneten die Haustür und hasteten die Treppe hinauf. Langfuß wälzte sich noch immer mit gefesselten Füßen am Boden und rief lauthals nach Hilfe.

»Kommen Sie, schnell! Der arme Langfuß ist in Gefahr!« rief Riesenhand; der Streit mit seinem Nachbarn war völlig vergessen.

Oben angelangt, stießen sie die Schlafzimmertür auf. Es war dunkel im Zimmer, und Herr Knüppel ging mit seiner Laterne voraus.

Langfuß lag keuchend am Boden und zog mit aller Kraft an dem Seil. Herr Knüppel stellte seine Laterne auf den Tisch und half Langfuß behutsam auf die Füße.

»Deine Füße sind ja zusammengebunden«, rief Riesenhand erstaunt, als er die Schlinge an den knochigen Füßen entdeckte. »Wer hat das getan?«

»Wer das getan hat? Ich dachte, du wärst es gewesen!« erwiderte Langfuß und starrte Riesenhand verdutzt an.

»Wie kommst du darauf?« erwiderte Riesenhand kopfschüttelnd. »Ich würde doch so etwas nicht tun! Das solltest du wissen. Und wenn du es trotzdem nicht glauben willst, dann frag doch Polizist Knüppel. Wir sind nämlich zusammen die Treppe raufgelaufen – ich war gar nicht in deinem Schlafzimmer. Ich frage mich nur, wer es gewesen sein könnte. Am besten suchen wir auf der Stelle den Garten ab, was meinen Sie, Herr Knüppel? Vielleicht erwischen wir den Übeltäter noch!«

Sie befreiten den armen Langfuß von seinen Fesseln und suchten mit der Laterne den ganzen Garten ab. Natürlich fanden sie nichts und niemanden. Sie waren völlig ratlos.

»Ich habe so schreckliche Angst«, schluchzte Langfuß. »Ich kann das alles nicht verstehen. Wer ist dieser Mensch mit den übergroßen Händen, der mich nachts erschrecken will? Ach, lieber Riesenhand, willst du nicht heute nacht bei mir bleiben, damit ich nicht so alleine bin. Und wenn dieser Unmensch wiederkommt, dann kannst du mich beschützen. Du bist so tapfer und so mutig.«

»Gern«, versprach Riesenhand. Polizist Knüppel wünschte ihnen eine gute Nacht und ging nach Hause.

Langfuß und Riesenhand streckten sich beide auf dem Bett aus – es war recht eng für zwei Personen – und bald hörte man nur noch Langfuß' sanftes und Riesenhands ohrenbetäubendes Schnarchen.

Es dauerte nicht lange, da gab Riesenhand einen so lauten Schnarcher von sich, daß Langfuß erschrocken aufwachte. Er öffnete die Augen – und da waren wieder seine Füße, die wie riesige drohende Würgerhände im Mondlicht schimmerten.

»O weh, o weh!« rief Langfuß voller Entsetzen. »Wach auf, Riesenhand. Schau! Schau doch!«

Riesenhand fuhr hoch und saß kerzengerade im Bett. Er sah sofort, wohin Langfuß so entgeistert starrte, doch er war klüger als der dumme Kobold. Was Langfuß für Hände hielt, waren ja in Wirklichkeit seine eigenen Füße! Er fing an zu lachen. Und wie er lachte!

Er krümmte und wälzte sich im Bett und zog dem armen schlotternden Langfuß die Bettdecke weg.

»Hi, hi, ha, ha, hu, hu, ho, ho!« brüllte er, und Tränen rannen seine Wangen hinab. »Oh, Langfuß, ich glaub', ich sterbe vor Lachen! Hat man schon so etwas erlebt? Es sind deine eigenen Füße, vor denen du Angst gehabt hast und nicht die Hände eines Einbrechers! Oje, oje, mir tut schon der Bauch weh vor lauter Lachen. Ich bin gespannt, was du dir als nächstes einfallen läßt!«

Langfuß war völlig verdattert und um zu prüfen, ob Riesenhand auch recht hatte, wackelte er mit seinen beiden Zehen. Tatsächlich, Riesenhand hatte sich nicht getäuscht! Langfuß wurde so rot wie eine Tomate. Ihr hättet ihn sehen sollen! Er schämte sich ganz fürchterlich. Was würde Polizist Knüppel sagen? Und was würden die anderen Dorfbewohner sagen, wenn sie erfuhren, daß er vor seinen eigenen Füßen Angst gehabt hatte – ja, daß er sie sogar selbst mit einer Schlinge zusammengebunden hatte. O weh! Wie dumm und albern er doch gewesen war!

»Morgen wirst du überall bekannt sein wie ein bunter Hund«, sagte Riesenhand, der vom vielen Lachen noch ganz außer Atem war.

»Riesenhand, bitte erzähl niemandem davon«, sagte Langfuß kleinlaut. »Laß uns wieder Freunde sein und behalte den Vorfall für dich. Ich möchte nicht, daß man mich auslacht.«

»Eigentlich hättest du's ja verdient«, meinte Riesenhand. »Du bist in letzter Zeit sehr gemein zu mir gewesen, Langfuß. Du hast meine Katze getreten, deinen Abfall in meinen Garten geworfen, mit deinem Feuer meine ganze Küche verqualmt und immer, wenn ich gerade ein Nickerchen machen wollte, dein Grammophon auf Lautstärke gestellt. Warum sollte ich da freundlich zu dir sein? Nein, ich finde, jeder sollte diese Geschichte hören. Sie ist wirklich zu komisch!«

»Ach, bitte, Riesenhand, ich weiß, ich war unfreundlich und gemein zu dir«, schluchzte Langfuß. »Aber ich will mich bessern und mich wieder mit dir vertragen. Ich bin dir so dankbar, daß du heute nacht hiergeblieben bist. Ich kaufe deiner Katze zwei Wochen lang jeden Tag frischen Fisch vom Fischhändler, wenn du mir verzeihst und versprichst, keiner Menschenseele etwas zu erzählen.«

»Wenn ich's recht bedenke, ist das keine schlechte Idee«, sagte Riesenhand, der sich immer freute, wenn jemand gut zu seiner Katze war. »Ich verzeihe dir, und wir sind wieder Freunde, Langfuß. Aber du darfst nicht böse sein, wenn ich von Zeit zu Zeit einmal ganz herzlich lache. Denn so etwas Komisches habe ich noch nie erlebt.«

Heute sind die beiden wieder gute Freunde und Riesenhands Katze ist sehr verwundert, daß sie jetzt jeden Tag Fisch von Langfuß und Riesenhand bekommt.

Und manchmal, wenn Langfuß ein bißchen albern ist und komische Sachen anstellt, schaut ihn Riesenhand verschmitzt an und lacht.

»Weißt du noch, wie du deine eigenen Füße gefesselt hast und dachtest, du hättest einen Räuber gefangen?« sagt er dann kichernd.

Natürlich wird Langfuß tomatenrot im Gesicht und hört sofort auf, albern zu sein. Er hat es nämlich gar nicht gern, wenn man ihn an diese Nacht erinnert.

Tinas
neuer Reifen

Tina hatte sich einen wunderschönen neuen Reifen gekauft. Er war aus Holz und leuchtend rot angemalt. Dazu gehörte ein Stock. Wenn sie den Reifen damit anstieß, dann rollte er blitzschnell vor ihr her.

Tina hatte monatelang ihr Taschengeld gespart, um den Reifen bezahlen zu können. Auch ihr Bruder Tom hatte gespart, doch als er den Spielzeugladen betrat, war gerade der letzte Reifen verkauft worden. Natürlich war er furchtbar enttäuscht.

»Sei nicht traurig«, sagte Tina. »Ich leihe dir meinen Reifen, sooft du willst.«

An einem kalten Wintertag mußte Tina im Bett bleiben, weil sie sich erkältet hatte. Tom aber durfte draußen spielen, und so lieh ihm Tina ihren Reifen.

»Am besten gehst du auf den großen Berg und läßt den Reifen bis zum Teich hinunterrollen«, sagte sie. »Du wirst schon sehen, wie lustig das ist!«

Also nahm Tom ihren Reifen und lief den Berg hinauf. Ihr hättet sehen müssen, wie schnell der Reifen den Abhang hinunterhüpfte!

Kurz vor dem Teich hielt Tom den Reifen an. Und da sah er etwas, das ihm den Atem verschlug. Ein kleines Mädchen hatte sich auf das Eis gewagt und war eingebrochen!

»Hilfe! Hilfe!« rief es. »Das Wasser ist so kalt, und ich komme nicht mehr raus!«

Tom hatte Angst, er könnte selbst einbrechen. Und, was glaubt ihr wohl, hat er deshalb getan? Richtig, ihr habt's erraten! Er kniete am Ufer des Teiches nieder und hielt dem fröstelnden kleinen Mädchen seinen Reifen hin. Es klammerte sich daran fest, und Tom zog es behutsam an Land. Zum Glück war es ein besonders haltbarer Reifen, sonst hätte er das Mädchen bestimmt nicht retten können.

Die Mutter kam aufgeregt herbeigelaufen. »Tausend Dank, kleiner Junge!« rief sie außer Atem. »Ohne deine Hilfe wäre mein Töchterchen vielleicht ertrunken. Was für einen schönen Reifen du hast!«

»Das ist nicht meiner. Er gehört meiner Schwester«, erklärte Tom. »Ich habe keinen; deshalb hat sie mir ihren geliehen.«

Die Mutter trug das weinende Mädchen geschwind nach Hause, damit es sich nicht erkältete. Tom rollte den Reifen heim. Er konnte es nicht erwarten, seiner Schwester und seiner Mutter von seinem Abenteuer zu erzählen.

Und wißt ihr, was der Postbote am nächsten Morgen für Tom an der Haustür ablieferte? Einen nagelneuen Reifen! Er war leuchtend gelb und mit einem Zettel versehen, auf dem stand: »Für den netten Jungen, der mich aus dem Teich gezogen hat!«

Das Negerpüppchen
feiert Geburtstag

Das Negerpüppchen war schrecklich aufgeregt und freute sich sehr auf seinen Geburtstag am nächsten Tag. Es wurde fünf Jahre alt und war nur zwei Jahre jünger als Annettchen, die das Püppchen zu ihrem zweiten Geburstag bekommen hatte.

»Ob Annettchen wohl an meinen Geburtstag denkt?« fragte das Negerpüppchen immer wieder.

»Natürlich nicht«, meinte der Teddybär. »Kinder denken nie an den Geburtstag von ihrem Spielzeug, du Dummerchen. Aber *wir* werden dran denken. Wenn Annettchen morgen ihren Nachmittagsspaziergang macht, veranstalten wir ein Geburtstagsfest für dich.«

Das Negerpüppchen war sehr glücklich. Es liebte Feste über alles. Die Spielsachen versammelten sich in einer Ecke, alle, außer dem Negerpüppchen natürlich, und schmiedeten Pläne für das Fest.

»Ich backe kleine Kuchen und Plätzchen im Puppenbackofen«, flüsterte das Matrosenpüppchen.

»Und ich kaufe Süßigkeiten im Puppenkaufladen, verpacke sie in einer Schachtel und schenke sie dem Negerpüppchen«, flüsterte der hölzerne Soldat.

»Und ich bügle ein neues rotes Band«, flüsterte Klara, die andere Puppe.

»Und ich fülle unsere Teekanne mit Wasser, gebe etwas Zucker dazu und dann können wir so tun, als wäre es Limonade!« sagte der Stoffhase.

Die Spielsachen machten sich gleich an die Arbeit.

Klara suchte sich ein hübsches rotes Band aus und lief damit in die Puppenstube, um es zu bügeln. Sie erhitzte das winzige Bügeleisen auf dem kleinen Herd. Als es heiß genug war, legte sie das zerknitterte Band auf den Tisch und bügelte es glatt. Dann faltete sie es zusammen und wickelte es in hübsches Geschenkpapier.

Die Matrosenpuppe buk lauter verschiedene Kuchen und Plätzchen in dem Backofen des kleinen Herdes. Sie dufteten ganz köstlich. Alle schnupperten daran; am liebsten hätten sie gleich davon genascht.

Der hölzerne Soldat lief zum Spielzeugladen und kaufte zwanzig verschiedene Bonbonsorten aus hübschen runden Gläsern. Der Ladenbesitzer, der übrigens aus Pappe war, packte einen zusätzlichen Leckerbissen für das Negerpüppchen ein; dafür brauchte der hölzerne Soldat natürlich nichts zu bezahlen.

Der Stoffhase kletterte auf das Waschbecken, wo der Hahn für heißes und kaltes Wasser war und nahm die kleine Teekanne mit. Es war eine besonders hübsche Kanne mit rosa Rosen auf der einen

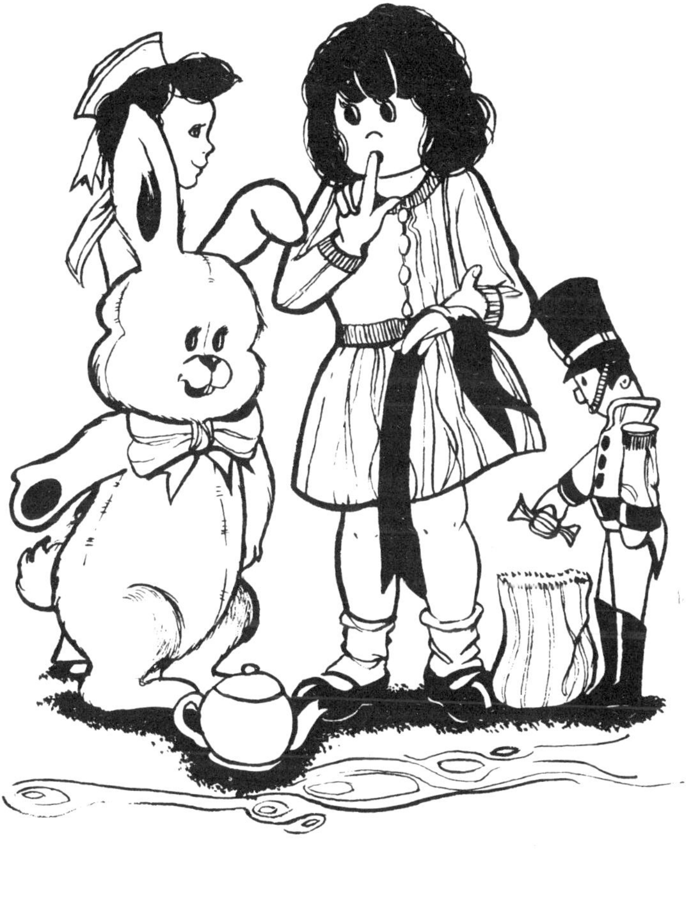

und blauen Kornblumen auf der anderen Seite. Obendrauf thronte ein lustiger kleiner Deckel. Der Stoffhase nahm den Deckel ab und legte ihn neben den Seifenbehälter. Dann drehte er vorsichtig an dem Kaltwasserhahn.

Ein winziger Wasserstrahl kam heraus, und er hielt die Teekanne darunter. Bald war die Kanne voll. Der Stoffhase drehte den Hahn wieder zu, setzte den Deckel auf die Teekanne und kletterte vorsichtig hinunter auf den Boden, ohne auch nur einen einzigen Tropfen zu verschütten.

Dann lief er zum Schrank und holte einen Löffel voll Zucker heraus. Er gab den Zucker in die Teekanne und rührte und rührte. Er kostete von dem Gemisch und fand es köstlich süß – wie richtige Limonade!

Alles war soweit fertig. Nur der Tisch mußte noch gedeckt und geschmückt und die Stühle herangeschafft werden.

Am folgenden Nachmittag warteten die Spielsachen, bis Annettchen ihren Mantel und ihren Hut angezogen hatte, um draußen spazierenzugehen. Dann erst machten sie sich daran, den Tisch zu dekken.

»Ich würde Annettchen so gern zu meinem Geburtstagsfest einladen«, sagte das Negerpüppchen und schaute etwas traurig auf den halbgedeckten Tisch.

»Sei nicht albern. Wir können sie nicht einladen«,

erwiderte der Stoffhase. »Spielsachen laden Kinder nie zu Festen ein. Das weißt du ganz genau.«

»Trotzdem! Ich würde Annettchen von meinem Kuchen kosten lassen, meine Bonbons mit ihr teilen und ihr Limonade aus unserer Teekanne einschenken«, seufzte das Negerpüppchen. »Ich habe Annettchen so gern. Sie ist immer so lieb zu mir. Manchmal nimmt sie mich mit in ihr Bettchen und schmust mit mir. Es ist so kuschelig warm in ihrem Bett!«

»Du weißt, wir haben Annettchen alle sehr gern und wir würden uns freuen, wenn sie zu deinem Geburtstagsfest käme. Aber wir können sie eben nicht fragen und deshalb hat es keinen Sinn, wenn wir uns den Kopf darüber zerbrechen«, sagte die Matrosenpuppe.

Dann endlich begann das Fest. Zuerst überreichte Klara dem Negerpüppchen das neue rote Band, legte es um seinen Hals und band es zu einer hübschen Schleife. Danach nahmen alle am Tisch Platz. Das Negerpüppchen bat um einen weiteren Teller und eine Tasse und stellte sie feierlich neben sich.

»Ich tu' einfach so, als säße Annettchen neben mir«, erklärte es. »Hier ist ein Stück Kuchen für Annettchens Teller, ein besonders süßes und leckeres. Dann möchte ich auch etwas Limonade in ihre Tasse gießen.«

Also goß das Negerpüppchen etwas von dem Zukkerwasser in die Nachbartasse. Danach fingen alle an zu essen und zu trinken. Es war so lustig, an dem kleinen Tisch zu sitzen und von dem Kuchen und den Plätzchen zu naschen, die das Matrosenpüppchen gebacken hatte. Das Geburtstagskind war sehr glücklich.

Sie hatten eben fertig gegessen, als sie Schritte auf dem Gartenweg hörten. Sie sprangen erschrocken auf, hüpften in die Spielzeugtruhe und ließen alles andere einfach stehen und liegen.

Die Tür sprang auf, und herein trat das kleine Annettchen. Ihr war unterwegs eingefallen, daß sie etwas vergessen hatte. Deshalb war sie zurückgekommen. Sie sah den gedeckten Tisch am Boden und traute ihren Augen nicht.

»Wer hat mit meinen Sachen gespielt?« rief sie erstaunt. »Sonderbar – es ist sogar noch ein Stück Kuchen auf einem Teller und Limonade in einer Tasse. Oh, das muß ich unbedingt probieren!«

Also aß Annettchen von dem Kuchen und den Plätzchen und nahm einen Schluck von der Limonade. Als sie die Tasse leergetrunken hatte, lief sie wieder nach draußen. Kaum hatte sie das Zimmer verlassen, hüpften alle Spielsachen aus der Truhe. Sie strahlten einander an.

»Jetzt ist Annettchen also doch zu meinem Geburtstagsfest gekommen!« rief das Negerpüppchen überglücklich. »Ihr könnt euch nicht vorstellen, wie sehr ich mich freue. Sie hat den Kuchen von ihrem Teller gegessen und die Limonade aus ihrer Tasse getrunken. Das war die schönste Überraschung an dem ganzen Fest.«

Annettchen weiß bis heute nicht, daß sie auf einem Geburtstagsfest war, aber wenn ihr sie seht, dann erzählt's ihr ruhig. Sie wird sehr erstaunt sein!

Zwei richtige Affenkinder

Klaus und Sabine waren Bruder und Schwester – mehr noch, sie waren zwei richtige Schlingel. Wenn nicht gerade der eine etwas aushecke, dann war es der andere.

Charlotte, das Kindermädchen, wußte nie, was sie als nächstes anstellen würden. Entweder hüpfte Klaus mit dem umgestülpten Papierkorb auf dem Kopf durch das Kinderzimmer oder Sabine stolzierte mit dem Kaffeewärmer als Hut umher. Wenn Klaus nicht gerade auf den Kleiderschrank im Schlafzimmer kletterte, dann versuchte Sabine, sich auf den Kaminsims zu hangeln. Charlotte sagte, sie hätte in ihrem Leben noch nie zwei so freche Affenkinder gesehen.

»Ihr seid richtige Affenkinder, ihr beiden«, sagte sie mindestens zehnmal am Tag. »Ihr stellt denselben Unfug an wie die Affen im Zoo. Ihr versucht, überall hinaufzuklettern, spielt mit Sachen, die nicht für euch gedacht sind und ihr verkleidet euch, so wie Affen es gern tun. Aber ich habe noch nie zwei so freche Affenkinder gesehen wie euch.«

Eines Tages trieben es die beiden aber zu bunt.

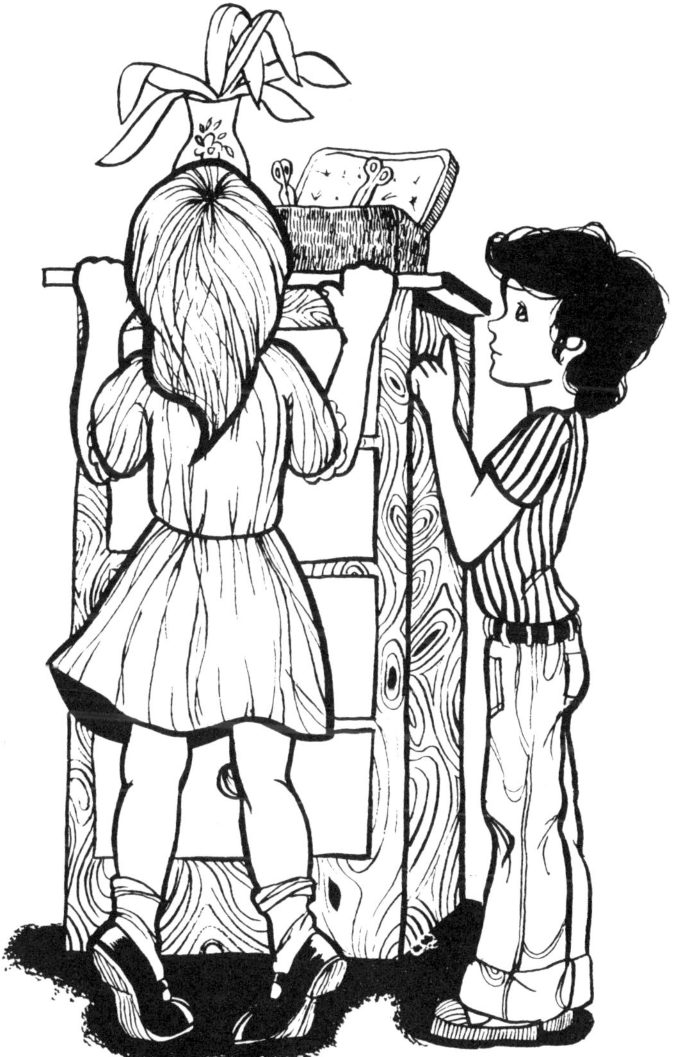

Charlotte hatte ihnen ausdrücklich verboten, mit richtigen Scheren zu spielen; sie durften nur die stumpfen benutzen, die keine Spitzen besaßen und das auch nur, wenn Charlotte dabei war. An diesem Morgen aber, als das Kindermädchen gerade draußen die Wäsche aufhängte, schlich Sabine zum Nähkästchen und nahm zwei scharfe Scheren heraus, eine große und eine kleine.

Sie gab Klaus die große Schere und behielt die kleine für sich selbst. »Ich habe Lust zu spielen«, sagte sie. »Was sollen wir tun?«

»Wir könnten Löcher in die Vorhänge schneiden und hübsche Muster daraus machen«, schlug Klaus vor. »Dann kann das Licht hindurchscheinen. Das sieht bestimmt lustig aus.«

Die beiden unartigen Kinder kletterten auf die Fensterbank und fingen an, große und kleine Löcher in die Vorhänge zu schneiden, bis sie aussahen wie ein Sieb.

Als das Kindermädchen ins Zimmer kam und die Bescherung sah, schlug sie die Hände über dem Kopf zusammen.

»Oh, ihr seid wirklich zwei ungezogene Kinder! Was wird nur eure Mutter sagen? Ich hole sie auf der Stelle. Dann bekommt ihr eine ordentliche Tracht Prügel und werdet für den restlichen Tag ins Bett gesteckt. Noch nie bin ich zwei so frechen Affenkindern begegnet – noch nie!«

Mit diesen Worten verließ Charlotte das Kinderzimmer und schlug die Tür hinter sich zu. Die beiden Geschwister bekamen es mit der Angst zu tun. War es so schlimm, Löcher in Gardinen zu schneiden? Erst als sie die zerfetzten Vorhänge genauer ansahen, merkten sie, was sie angerichtet hatten.

»Was sollen wir jetzt nur machen?« schluchzte Sabine. »Wenn ich wirklich ein Affe wäre, so wie Charlotte immer sagt, dann würde ich auf die Gardinenstange klettern und nie mehr herunterkommen.«

»Und wenn ich ein Affe wäre, dann würde ich mich auf dem großen Kleiderschrank verstecken«, sagte Klaus.

Kaum hatten die Kinder das gesagt, da passierte etwas sehr Seltsames mit ihnen: Zuerst wurden sie immer kleiner, dann verwandelte sich ihre helle, glatte Haut in braunes Fell. Ihre Gesichter veränderten sich und wurden zu kleinen Affengesichtern und an ihrem Rücken wuchs beiden plötzlich ein langer brauner Schwanz.

»Oh«, versuchte Sabine zu sagen. »Man hat uns in Affen verzaubert! Oh!« Doch alles, was sie herausbrachte, war ein sonderbares schnatterndes Geräusch und kein einziges Wort.

Auch Klaus versuchte, etwas zu sagen. »Wir sind Affen! Wir sind wirkliche Affen! Wie schrecklich!« Doch auch er konnte nur noch schnattern.

Plötzlich hörten die Kinder Schritte auf dem Flur. Im Handumdrehen war Sabine hoch oben auf die Gardinenstange und Klaus auf den Kleiderschrank geklettert. Da saßen sie nun, und ihre langen Schwänze baumelten hin und her.

Ihre Mutti und ihr Kindermädchen traten ins Zimmer. Charlotte schimpfte vor sich hin. »Ich habe sie immer zwei Affenkinder genannt. In Wirklichkeit sind sie noch viel schlimmer, als es Affenkinder überhaupt je sein können.«

Die Mutter und das Kindermädchen schauten sich im Zimmer um; sie trauten ihren Augen nicht: Dicht unter der Decke, auf der Gardinenstange und auf dem Kleiderschrank, saßen zwei kleine Affen. Nicht nur das, die beiden Äffchen waren auch noch richtig angezogen! Denn bis auf ihre Schuhe und Strümpfe hatten die Geschwister ihre Kleider anbehalten. Sie sahen wirklich höchst sonderbar aus.

»Um Himmels willen!« rief ihre Mutter. »Die Kinder haben zwei Affen gefunden und ihnen ihre Kleider angezogen. Und wo sind die beiden überhaupt?«

Die Mutter wußte natürlich nicht, daß sich Klaus und Sabine in zwei richtige Affen verwandelt hatten.

»Habe ich's nicht schon immer gesagt?« meinte das Kindermädchen. »Bei diesen beiden weiß man nie, was sie als nächstes anstellen! Wo haben sie die Affen aufgetrieben, und wo halten sie sich jetzt versteckt?«

Also machten sich die Mutter und Charlotte auf die Suche nach den beiden Kindern. Sie schauten in jeden Winkel, hinter jeden Schrank. Aber natürlich konnten sie die Kinder nicht finden, denn sie wußten ja nicht, daß sie sich in die beiden braunen Äffchen verwandelt hatten.

Nachdem sie eine Zeitlang vergeblich gesucht hatten, fragten sie sich, was nun mit den beiden Affen geschehen sollte. Das Kindermädchen versuchte, Klaus zu fangen, doch er sprang mit einem Riesensatz auf die Hängelampe in der Mitte des Zimmers. Dort schaukelte er hin und her und klammerte sich mit seinem Schwanz fest.

Die Mutter versuchte, Sabine einzufangen, doch sie sprang von der Gardinenstange auf einen Wandleuchter und von dort auf den Kaminsims. Dabei stieß sie gegen eine blaue Vase, die in tausend Scherben zerbrach.

»Wir bringen sie am besten in den Zoo«, sagte die Mutter. »Wahrscheinlich sind sie auch von dort ausgerissen.«

»Oder wir geben sie dem Leierkastenmann; er hat doch immer ein kleines Äffchen auf seiner Schulter«, meinte das Kindermädchen. »Dann fühlt sich das arme Ding nicht mehr so allein. Ich glaube, er kommt morgen mit seiner Drehorgel vorbei. Wenn wir die Affen eingefangen haben, stecken wir sie einfach in den großen Papageienkäfig, der auf dem Dachboden steht.«

Klaus und Sabine waren entsetzt. Natürlich wollten sie nicht in den Zoo. Und noch weniger wollten sie den Leierkastenmann begleiten, denn sie mochten ihn nicht. Sicherlich schlug er seinen armen kleinen Affen mit seiner großen Peitsche. Außerdem wollten sie nicht tagein, tagaus auf einer Drehorgel sitzen und durch die Lande ziehen.

Klaus versuchte das zu sagen, Sabine auch, doch sie brachten nur komische schnatternde Laute hervor. Sie mußten versuchen, in den Garten zu entkommen. Also hüpften sie auf den Boden und hasteten zur Tür. Dabei liefen sie, wie alle Affen, auf Händen und Füßen.

Sie rannten ins Schlafzimmer, denn meistens war das Fenster geöffnet. Diesmal aber war es geschlossen und ihre Affenpfötchen waren nicht kräftig genug, um es zu öffnen. Die Mutter schlug die Tür hinter ihnen zu.

»Jetzt sind sie gefangen«, sagte sie zu dem Kindermädchen. »Am besten rufe ich sofort den Zoo an und bitte einen Wärter, die beiden kleinen Affen abzuholen. Sie können uns ja nicht entwischen.«

Und wirklich, sie konnten nicht entkommen. Sie versuchten immer und immer wieder, das Fenster zu öffnen. Sie versuchten, die Tür aufzumachen, doch ohne Erfolg. Mit der Zeit wurden sie schrecklich müde und krochen in ihre kleinen weißen Bettchen. Sie kuschelten sich unter ihre dicken Daunendecken und schlummerten ein.

Und während sie schliefen und süß träumten, verschwand nach und nach ihr braunes Fell, ihre Schwänze wurden immer kürzer, bis nichts mehr von ihnen übrig war, ihre Gesichter wurden wieder zu Kindergesichtern, und sie wuchsen zu ihrer alten Größe heran.

Als die Tür aufsprang und ihre Mutter mit dem Zoowärter eintrat, fand sie zu ihrer großen Überraschung zwei tief schlafende Kinder in den Betten und nicht, wie erwartet, zwei kleine Affen.

»Du liebe Zeit!« rief sie verwundert. »Die Kinder sind zurück! Sie müssen die Affen wieder ausgezogen und freigelassen haben. Dann sind sie in ihre eigenen Kleider geschlüpft und haben sich schlafen gelegt. Es tut mir wirklich leid, Herr Zoowärter, daß Sie den weiten Weg umsonst gemacht haben!«

»Nicht der Rede wert«, erwiderte der Zoowärter. »Wahrscheinlich sind Ihre Kinder selbst kleine Affen. Wenn sie solche Dummheiten machen...«

Damit verabschiedete er sich und fuhr zum Zoo

zurück. Die Mutter aber zerbrach sich den Kopf. Vielleicht hatte der Zoowärter recht, und die Kinder hatten sich in kleine Affen verwandelt – nur für ganz kurze Zeit. Sonderbar, sonderbar...

Später, als die Kinder aufwachten, hatte die Mutter längst ihr Zimmer verlassen. Sie merkten sofort, daß sie keine kleinen Affen mehr waren und ihr könnt euch vorstellen, wie groß ihre Erleichterung war.

»Oh, Sabine«, sagte Klaus, »ich fand's überhaupt nicht schön, ein Affe zu sein. Wir konnten nicht einmal richtig sprechen.«

»Ich fand's auch ganz schrecklich«, gab Sabine zu. »Wir sollten von jetzt an versuchen, nicht mehr so viel Unsinn zu machen, Klaus. Am besten, wir schlachten gleich unser Sparschwein und kaufen der Mutti ein paar neue Vorhänge. Und dann versprechen wir ihr, nie wieder freche Affenkinder zu sein.

Sie schlachteten also ihr großes Sparschwein und schlugen ihrer Mutter vor, alle zusammen in die Stadt zu fahren und ein paar schöne neue Vorhänge auszusuchen. Darüber freute sich die Mutter natürlich sehr.

Unterwegs begegneten sie dem Leierkastenmann mit seinem kleinen Äffchen. Ihr könnt euch gar nicht vorstellen, wie fest sich Klaus und Sabine an die Hand ihrer Mutter klammerten!

Zu Hause
ist es immer
am schönsten

»Hallo!« rief das kleine Kaninchen und kam mit einem Riesensatz neben seinem Vetter, dem Häschen, auf dem großen Feld zu stehen. »Habe ich dich erschreckt?«

Der kleine Hase richtete seine großen Ohren und Augen auf das Kaninchen und lachte.

»I wo! Ich habe dich schon gehört, als du den Hügel herunter gehoppelt kamst. Wir Hasen haben nämlich ganz besonders gute Ohren. Und deshalb kann mich niemand so leicht erschrecken.«

»Häschen?« fragte das Kaninchen und schaute sich auf dem weiten, offenen Feld um, »wohnst du etwa hier? Hast du keine Angst vor Feinden? Du kannst dich doch hier nirgends verstecken.«

»Ich verstecke mich nicht, ich laufe«, erwiderte der kleine Hase. »Ich kann schon fast so schnell rennen wie meine Mutti. Los, laß uns ein Wettrennen machen!«

Also liefen die beiden Vettern um die Wette, und das Kaninchen hatte noch nicht die Hälfte der Rennstrecke zurückgelegt, als das Häschen schon einmal um das ganze Feld gelaufen war.

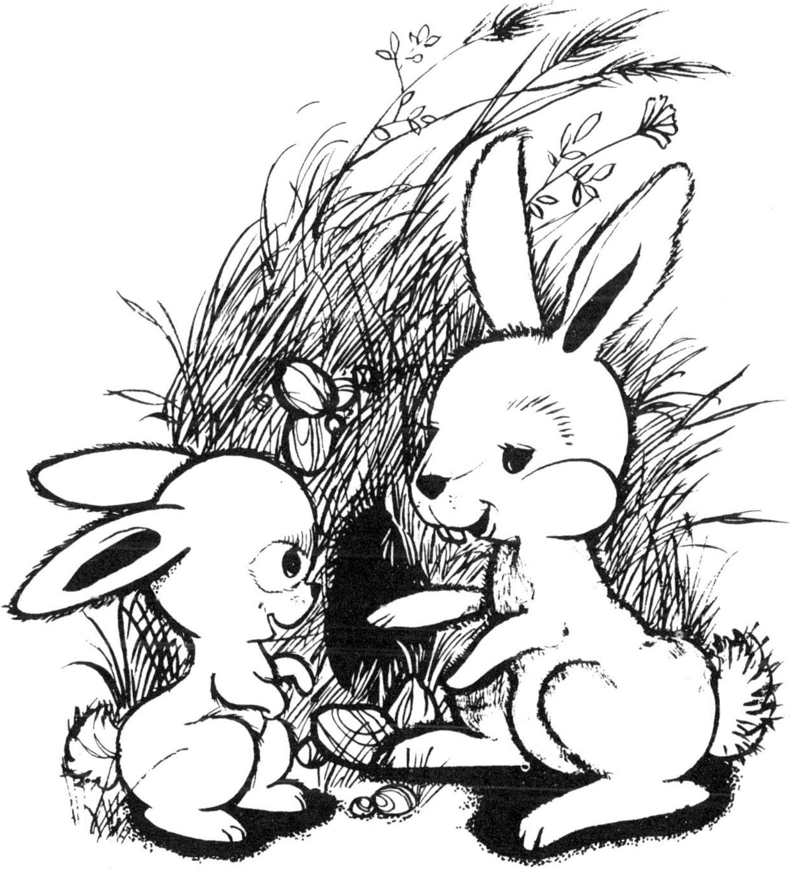

»Du hast so lange, flinke Beine«, schnaufte das Kaninchen bewundernd. »Wo ist dein Zuhause? Wo schläfst du?«

»Genau hier«, erwiderte der kleine Hase. »Siehst du diese Kerbe im Boden? Das ist unser Haus. Ich fühle mich hier ganz sicher, denn meine Ohren und Augen sagen mir, wenn irgend jemand in meine Nähe kommt. Und was für ein Haus bewohnst du?«

»Komm mit, ich zeig's dir«, sagte das kleine Kaninchen. »Meine Mutter freut sich bestimmt, dich kennenzulernen.«

Also machten sich die beiden auf den Weg und hoppelten den Hügel hinauf zu dem Kaninchenbau. Das kleine Kaninchen schlüpfte ohne zu zögern hinein, das Häschen aber blieb entsetzt vor dem Eingang stehen.

»Was? Du lebst unter der Erde? Fern von Sonne und Wind? Wie kann man nur! Das verstehe ich nicht.«

»Sei nicht albern. Es ist eine wunderschöne Wohnung, und außerdem bietet sie mehr Schutz als jedes andere Haus«, erwiderte das kleine Kaninchen. »Komm herein. Wir haben all diese Höhlen selbst gebaut und mit unseren Pfoten ausgebuddelt. Der ganze Hügel ist von uns Kaninchen untertunnelt.«

Unwillig trat das Häschen ein. »Es gefällt mir nicht bei dir«, sagte es. »Es ist dunkel und riecht so modrig. Und was soll ich mit meinen langen Ohren tun? Sie stoßen andauernd an der Decke an.«

»Leg sie an, du Dummerchen, so wie ich es auch tu'«, erwiderte das Kaninchen. »Wir Kaninchen legen immer die Ohren an, sobald wir unsere Wohnung betreten.«

Das Häschen fühlte sich in den dunklen Gängen sehr unwohl. Schließlich fanden sie die Kaninchenmutter. Sie kümmerte sich um eine ganze Schar von Kindern und hatte alle Hände voll zu tun.

»Guten Tag, Häschen«, sagte die Kaninchenmutter freundlich. »Wie schön, daß du uns besuchen kommst. Möchtest du nicht mal für ein paar Tage bei uns bleiben?«

»Nein, vielen Dank«, antwortete das Häschen. »Ich fühle mich auf den großen, weiten Feldern viel wohler. Ich brauche den Himmel über mir. Außerdem muß man in diesen dunklen Tunnels immer seine Ohren anlegen, und ich habe Angst, daß ich dann meine Feinde gar nicht hören kann.«

»Sie können dich draußen im Freien viel leichter fangen«, sagte das kleine Kaninchen. Das Häschen war da aber anderer Meinung.

»Ich muß jetzt gehen«, sagte es. »Danke für die Einladung. Aber ich mag eben mein Zuhause am liebsten.«

»Und mir gefällt meines«, entgegnete das Kaninchen.

»Deins ist für dich am besten und seins für ihn«, meinte die Kaninchenmutter. »Jeder hat sein eigenes Zuhause am liebsten.«

Und da hat sie recht, nicht wahr?

Das gelbe
Spielzeugauto

Andreas hatte ein hübsches gelbes Auto. Es war eben groß genug, um seinen Teddybären und die Negerpuppe auf eine Spazierfahrt zu schicken. Es war nämlich ein Spielzeugauto. Andreas mußte es immer mit einem großen Schlüssel aufziehen. ›Brrrm, brrrrrm, brrrrrm!‹ machte es jedesmal, wenn es aufgezogen war. Dann flitzte es im Affentempo über den Boden des großen Kinderzimmers und sah wirklich sehr schick aus.

Es besaß weder eine Hupe noch eine Bremse. Seine Scheinwerfer waren nicht echt, sie waren nicht einmal aus Glas. Natürlich konnte Andreas sie nicht anstellen, denn es waren ja, wie gesagt, keine echten Scheinwerfer. Trotzdem sahen sie sehr hübsch aus.

Eines Nachts hatte unser kleiner Andreas ein wirklich sonderbares Erlebnis. Er schlief schon ganz fest, als plötzlich jemand an seiner Bettdecke zog, so fest, daß sie beinahe auf die Erde gerutscht wäre. Andreas fuhr hoch und saß kerzengerade in seinem Bettchen.

»Wer zieht da an meiner Bettdecke?« rief er empört. »Aufhören, sofort aufhören!«

Da ertönte ein kleines, schüchternes Stimmchen, das verängstigt zu ihm sprach.

»Andreas! Ich bin's, dein Teddybär. Bitte steh auf und komm ganz leise mit mir ins Kinderzimmer. Es ist etwas passiert!«

Andreas war sehr erstaunt, als er den kleinen Teddy an seinem Bett stehen sah. Er starrte ihn lange an und rieb sich immer wieder die Augen. Dann streckte er seine Hand aus und berührte den Bären.

»Bist du's wirklich, oder träume ich nur?« fragte er.

»Nein, das ist kein Traum«, erwiderte der Teddybär. »Bitte, lieber Andreas, du mußt mitkommen. Der König der Heinzelmännchen ist im Spielzimmer, und er ist so furchtbar wütend.«

»Ach du meine Güte!« rief Andreas noch erstaunter als zuvor. »Der König der Heinzelmännchen! Ist das wahr? Ich komme sofort. Wo sind meine Pantoffeln?«

Also ging er mit dem Teddybären zum Spielzimmer. Der Bär zog an seiner Schlafanzughose, damit er noch schneller lief. Andreas öffnete die Tür – und traute seinen Augen nicht.

Ein winziger Wicht mit einem langen Bart schritt ruhelos im Zimmer auf und ab. Er trug einen mit Hermelin besetzten Umhang und eine kleine goldene Krone. Zwei weitere Heinzelmännchen liefen hinter ihm her und versuchten, ihn zu besänftigen.

»Ich sage euch zum hundertstenmal, es war ein Fehler, die Fledermäuse vor meine Kutsche zu spannen«, schimpfte der König mit seiner hohen Fistelstimme. »Prompt ist es passiert! Sie sehen Käfer durch die Luft fliegen, stellen ihnen nach, machen die verrücktesten akrobatischen Kunststücke, um sie einzufangen, und ich werde aus meiner Kutsche geschleudert!«

»Majestät, wir können von Glück reden, daß Ihr

nicht verletzt seid«, riefen die beiden kleinen Diener und versuchten, mit ihrem König Schritt zu halten.

»Verletzt? Das würde mir doch nichts ausmachen! Aber was mir etwas ausmacht, ist, daß diese dummen und albernen Fledermäuse weiter ihren Käfern nachstellen – und meine Kutsche mitgenommen haben. Wie komme ich heute nacht rechtzeitig zum Elfenball? Kann mir das einer beantworten? Ich, der ich noch nie in meinem Leben zu spät gekommen bin!« Der König der Heinzelmännchen stampfte wütend mit dem Fuß auf, riß sich seine Krone vom Kopf und schleuderte sie zu Boden.

Die Diener hoben sie auf, putzten sie blank und setzten sie ihm wieder aufs Haupt. Alle Spielsachen sahen ihn entsetzt an, denn sie hatten noch nie jemanden so zornig gesehen. Andreas schaute ihnen erstaunt zu. Der König war so winzig, so wütend und so sonderbar.

»Hat vielleicht irgend jemand einen Vorschlag zu machen?« tobte der König weiter und schaute erst seine Diener und dann die Spielsachen an. »Gibt es denn hier keine Spielzeugeisenbahn, mit der ich zum Ball fahren könnte? Oder ein Flugzeug, das mich an Ort und Stelle fliegt?«

»Bitte, Eure Majestät, der Zug ist kaputt, und das Flugzeug fliegt auch nicht mehr«, erklärte der Teddybär. »Aber seht, ich habe Andreas mitgebracht. Ich dachte, er könnte Euch vielleicht helfen.«

Der König der Heinzelmännchen hatte Andreas noch nie zuvor gesehen. Er verneigte sich, und so verneigte sich auch Andreas. Dann fing der König wieder an zu toben.

»Das darf doch einfach nicht wahr sein!« kreischte er mit seiner komischen Stimme. »Ich kann nicht zum Ball gehen. Und wenn ich gehe, dann komme ich zu spät. Oh, ich könnte vor Wut zerplatzen!«

Und schon riß er sich erneut seine Krone vom Kopf und schmetterte sie auf den Boden. Seine Diener hoben sie eilfertig wieder auf. Andreas konnte sich ein Lächeln nicht verkneifen.

»Mir ist da etwas eingefallen«, sagte er. »Ich habe ein Spielzeugauto, das groß genug für Euch und Eure Diener sein müßte. Seht, hier ist es. Würdet Ihr vielleicht damit zum Ball fahren wollen?«

Der König musterte es mißmutig. Dann rümpfte er die Nase und runzelte die Stirn.

»Keine Scheinwerfer«, murrte er. »Keine Bremsen! Keine Hupe! Was für ein albernes Auto!«

»Na ja, es ist halt nur ein Spielzeug«, sagte Andreas. »Ich wäre auch froh, wenn es eine richtige Hupe, Bremsen und Scheinwerfer hätte. Aber Spielzeugautos haben das eben nie.«

»Mit etwas Zauberkraft würde es bestimmt gehen«, sagte der Teddybär zum König. »Habt Ihr heute abend welche dabei, Majestät?«

»Natürlich, natürlich!« erwiderte der König. Er zog einen Zauberstab aus seiner Tasche, bewegte ihn langsam über das Auto und berührte die Scheinwerfer, das Lenkrad und das Wageninnere. Auf der Stelle waren Bremsen im Wageninneren, eine kleine Hupe auf dem Lenkrad – und die Scheinwerfer leuchteten hell auf!

Andreas' Herz klopfte zum Zerspringen. Das war wirklich aufregend! Immer noch leise vor sich hinbrummend, stieg der König der Heinzelmännchen in das gelbe Spielzeugauto und setzte sich hinter das Steuerrad. Die Diener zogen den Wagen mit dem

Schlüssel auf. »Brrrm, brrrrrm, brrrrrm!« machte er.

Der Wagen schoß los, blendete mit den Scheinwerfern auf und hupte laut, weil die Spielzeugmaus im Wege war. Sie sprang erschreckt auf und rannte davon. Dann verschwand das Auto durch die Tür. Andreas hörte es noch über den Kiesweg rumpeln. Hoffentlich war das Gartentor heute nicht verschlossen!

»Das war ja ein lustiges Abenteuer mitten in der Nacht«, sagte er. »Hoffentlich bekomme ich mein Auto zurück!«

»Natürlich«, erwiderte der Teddybär. »Da mach dir mal keine Sorgen. Aber hast du gesehen, wie übelgelaunt der König war? Und wie er seine Krone zu Boden geschleudert hat! Ich glaube, du gehst jetzt am besten wieder ins Bett, lieber Andreas. Du siehst nämlich auf einmal sehr müde aus. Und vielen Dank für deine Hilfe!«

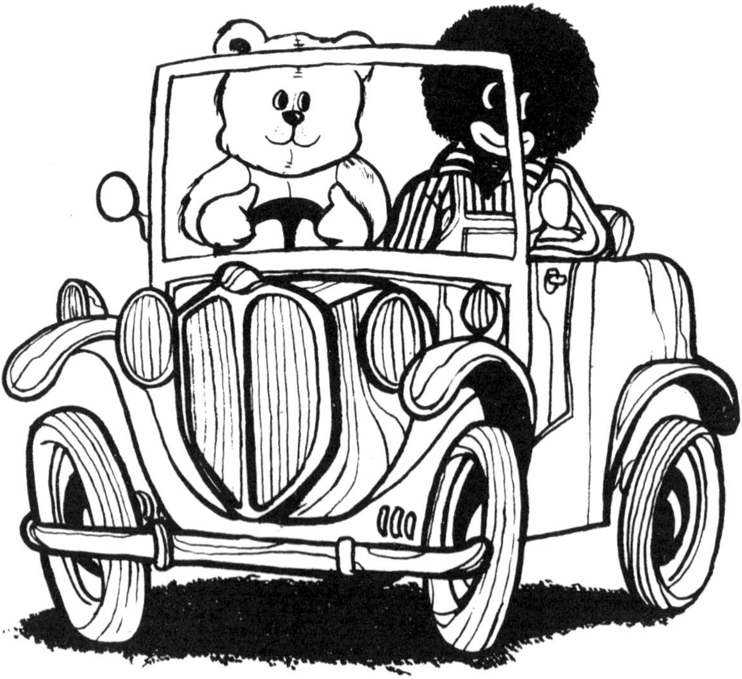

Andreas schlüpfte schnell wieder in sein Bettchen und schlief sofort ein. Am nächsten Morgen glaubte er natürlich, alles sei nur ein Traum gewesen.

Doch als er mit seinem gelben Auto spielen wollte, da hatte es eine Hupe, Bremsen – und richtige Scheinwerfer! Neben dem Lenkrad war ein winziger Hebel, mit dem man sie ein- und ausstellen konnte. Andreas traute seinen Augen nicht!

Und wenn seine Freunde jetzt zu Besuch kommen, dann stürzen sie sich zuallererst auf das gelbe Auto. Sie setzen den Teddybären und die Negerpuppe hinein, ziehen den Wagen auf und lassen ihn mit aufgeblendeten Scheinwerfern losfahren. Und der Teddy hat inzwischen sogar gelernt, die Bremse und die Hupe zu bedienen.

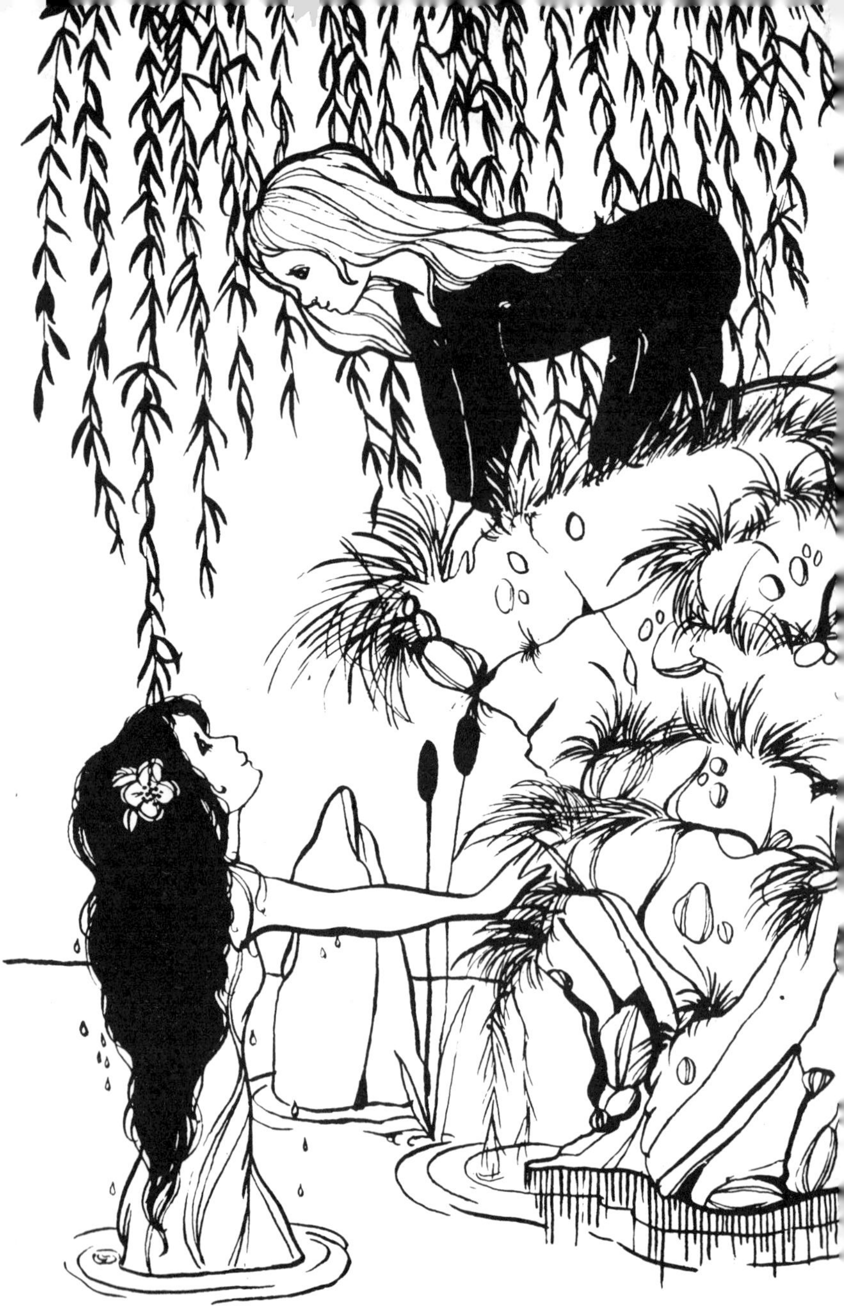